舉一反三學日文
生活日語會話

劉麗文　編著

搜尋

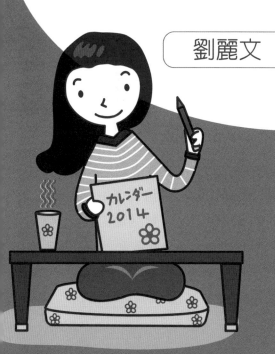

書泉出版社 印行

- 本書內容介紹 -

有關學習順序與進度

本書是以生活上常見的場景為主題編排而成，總共分為五章。再透過各個情境由淺至深地帶進語法概念，藉以引導初學者進入學習狀況。因此，學習者可以從第一章循序漸進地學習，也可以從感到興趣的章進入各節內容，如遇到較難的部分，可以再從其他章開始。保持學習的新鮮感，可以讓學習的腳步繼續前進。

有關示範會話單元

示範會話單元，是為了符合初學者的程度，配合各種情境所設計的會話內容。希望以最精簡的用語，發揮最大的學習效用，來滿足生活當中各種層面溝通上的需求。

有關句型代換練習

不同的語系，表達時的語言思考邏輯也不同。進入一個新語言的領域，文法往往是讓學習者卻步的一個關卡。本書以代換練習的方式，讓學習者直接且快速地習得句型的運用。並且在每個句型練習的知識庫單元，以淺顯易懂的方式說明文法及用法。了解簡單的文法之後，更能讓我們掌握溝通的重點，達到舉一反三的學習效率。

有關常用語

常用語（或稱慣用語），雖很難直接譯成中文，但經常使用在某種特定的場合，具有固定的語意。因此，學習的重點應放在用法而非文法，並須注意前後文的銜接。

有關文體的運用

日文在對於不同對象，會有不同的文體表達方式。本書為求廣泛的運用，採以「敬體」為主，讓初學者不管是對於第一次見面或對於客戶或長輩，都可以安心使用，透過善意的溝通拉近彼此的距離。

有關發音標示

為了讓初學者更容易入門，本書的內文均有標注羅馬拼音，以減少背誦五十音（平假名、片假名）的負擔。雖然，日語發音相對簡單，但某些發音較為特殊，建議讀者盡量配合隨書附上的ＣＤ一起朗誦練習，以掌握發音技巧與高低音調，說出一口自然流暢的日文。

- 目錄 -

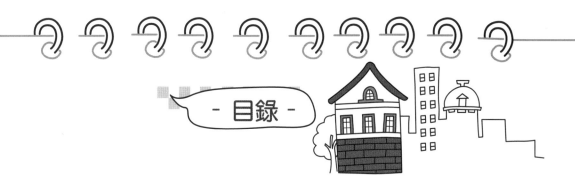

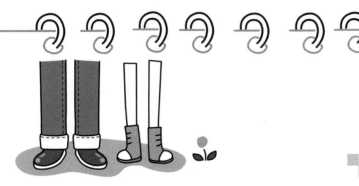

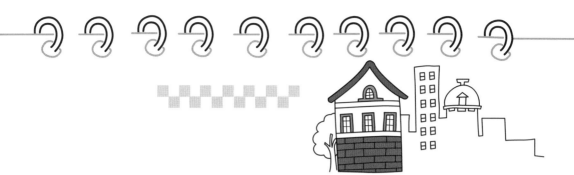

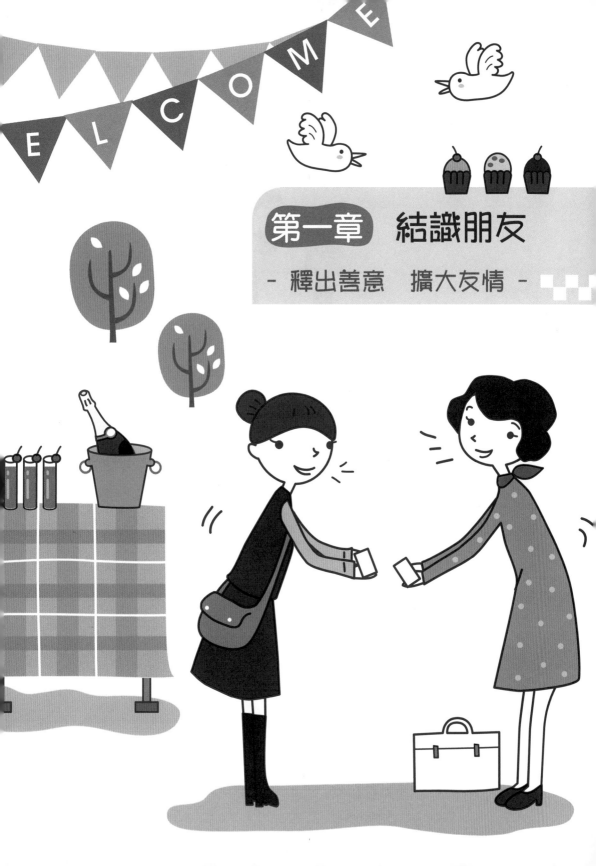

第一章 結識朋友

- 釋出善意　擴大友情 -

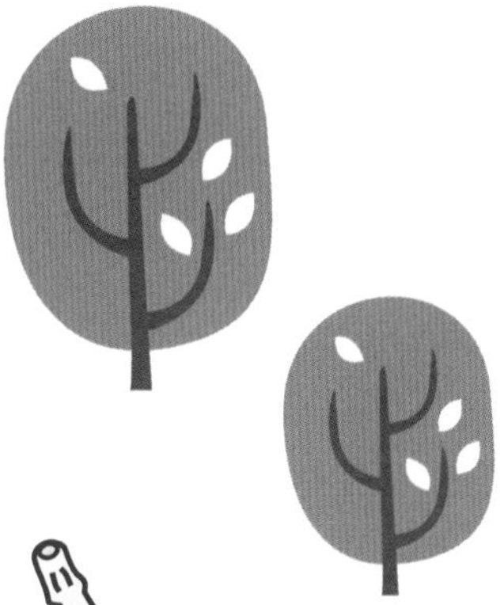

1.1 自我介紹

▶ 在宴會上，遇到第一次見面的人。

 1-1

示範會話

劉：**はじめまして。** ①
Hajimemashite.

<ruby>劉<rt>りゅう</rt></ruby> **です。** Ⓐ
Ryǔ-desu.

どうぞ　よろしく　お<ruby>願<rt>ねが</rt></ruby>い　します。 ②
Dǒzo　yoroshiku　onegai　shimasu.

初次見面。

我姓劉。

請多多指教。

田中：**はじめまして。**
Hajimemashite.

<ruby>田中<rt>た なか</rt></ruby>**です。**
Tanaka-desu.

どうぞ　よろしく。
Dǒzo　yoroshiku.

初次見面。

我是田中。

請多指教。

句型代換

練習Ⓐ

はじめまして。劉(りゅう)です。
Hajimemashite.　Ryŭ-desu.

初次見面，我姓劉。

▼請將反白字部分替代成以下語詞。

例：劉(りゅう)
ryŭ
劉

1. 田中(たなか)
tanaka
田中

2. 木村(きむら)
kimura
木村

3. 王(おう)
ŏ
王

知識庫

1. 日本人名字的稱呼，通常與中文相同，姓氏在前名字在後。例如「田中勝男(たなかかつお)」，「田中(たなか)」爲姓，「勝男(かつお)」爲名。對第一次見面的人做自我介紹時，大多只稱呼自己的姓氏。

例：田中(たなか)です。［我姓田中。］
Tanaka-desu.

2. 「です」置於句尾，文法上表肯定的意思。

3. 介紹自己的名字時，更謙虛的用法可代換爲「［姓名］と申(もう)します」。

例：田中(たなか)と　申(もう)します。［敝姓田中。］
Tanaka-to　mŏshimasu.

常用句 1

はじめまして。［初次見面。］
Hajimemashite.

知識庫

第一次見面時，中文會用［您好］來表示友好，日文則是使用這句慣用的招呼語。

常用句 2

どうぞ　よろしく　お願(ねが)い　します。［請多多指教。］
Dŏzo　yoroshiku　onegai　shimasu.

知識庫

自我介紹的最後，常用的慣用語句。「どうぞ」是［請］，「よろしく」是［多指教］，「お願(ねが)いします」在此是［麻煩您］的意思。通常日語的句子越長，越能感受到禮貌的程度。因此，示範會話中的劉小姐，年紀或輩份應該比較低。常用的說法，可依禮貌程度排列如下：

よろしく。
Yoroshiku.

どうぞ　よろしく。
Dŏzo　yoroshiku.

よろしく　お願（ねが）い　します。
Yoroshiku　onegai　shimasi.

どうぞ　よろしく　お願（ねが）い　します。
Dōzo　yoroshiku　onegai　shimasu.

1.2 介紹友人

▶ 在宴會上，向人介紹朋友。

1-2

示範會話

：木村(きむら)さん、こちらは　劉(りゅう)さんです。1

Kimura-san,　kochira-wa　ryŭ-san-desu.

木村小姐，這位是劉小姐。

劉(りゅう)さんは　学生(がくせい)です。Ⓐ

Ryŭ-san-wa　gakusĕ-desu.

劉小姐是一位學生。

：はじめまして。劉(りゅう)です。

Hajimemashite.　Ryŭ-desu.

初次見面，我姓劉。

どうぞ　よろしく　お願(ねが)い　します。

Dŏzo　yoroshiku　onegai　shimasu.

請多多指教。

：こちらは　木村（きむら）さんです。

Kochira-wa　kimura-san-desu.

這位是木村小姐。

：はじめまして。木村（きむら）です。

Hajimemashite.　Kimura-desu.

初次見面，我是木村。

こちらこそ　よろしく　お願（ねが）い

Kochira-koso　yoroshiku　onegai

します。2

shimasu.

彼此彼此，我才要請您多指教。

句型代換

練習Ⓐ

りゅう　　　がくせい
劉 さんは　学生です。　　劉小姐是學生。
Ryŭ-san-wa　gakusě-desu.

▼請將反白字部分替代成以下語詞。

例：りゅう　がくせい
劉 さん・学生　　劉小姐・學生
ryŭ-san　gakusě

1. たなか　せんせい
田中さん・先生　　田中先生・老師
tanaka-san　sensě

2. きむら　かいしゃいん
木村さん・会社員　　木村小姐・上班族
kimura-san　kaisyain

3. おう　こうむいん
王さん・公務員　　王先生・公務員
ŏ-san　kŏmuin

知識庫

1. 「は」原本發音爲〔ha〕，在此爲助詞，應唸作〔wa〕。
2. 「N1は　N2です」，置於「は」前的N1是句子中的主詞，表示［N1是N2］的意思。在此，可作爲職業的介紹。

例：りゅう　　がくせい
劉さんは　学生です。［劉小姐是學生。］
Ryŭ-san-wa　gakusě-desu.

常用句 1

こちらは　［姓名］さんです。［這一位是［朋友的名字］。］
Kochira-wa　san-desu

知識庫

1.「こちら」原指自己的這一方，在介紹身邊的人時，相當中文［這一位］的意思。
2. 姓名之後加「さん」，相當於中文的［先生］［小姐］等意思，但屬於對人表示禮貌的敬稱，不適合使用在自己的名字後。

常用句 2

こちらこそ　よろしく　お願(ねが)い　します。
Kochira-koso　yoroshiku　onegai　shimasu.

［彼此彼此，我才要請您請多指教。］

知識庫

自我介紹時謙虛的回話用法。如有同爲平輩的人客氣地請你多指導時，你可以先說「こちらこそ」［我才要］，再說「どうぞ　よろしく　お願(ねが)い　します」，就相當於中文［彼此彼此，我才是要請您多多指導。］的意思，即可表達你的謙虛之意。

1.3 詢問職業

▶ 在宴會上，談論職業及所屬單位。

1-3

示範會話

木村：劉(りゅう)さんは　大学生(だいがくせい)ですか。Ⓐ

Ryŭ-san-wa　daigakusĕ-desuka?

劉小姐是大學生嗎？

劉：はい、そうです。[1]

Hai,　sŏ-desu.

是的。

私(わたし)は　台湾(たいわん)の　留学生(りゅうがくせい)です。Ⓑ

Watashi-wa taiwan-no ryŭgakusĕ-desu.

我是台灣的留學生。

木村(きむら)さんは　先生(せんせい)ですか。

Kimura-san-wa　sensĕ-desuka?

木村小姐是老師嗎？

木村：いいえ、私(わたし)は　会社員(かいしゃいん)です。

Ĭe,　watashi-wa　kaisyain-desu.

不是，我是上班族。

大阪貿易(おおさかぼうえき)の　社員(しゃいん)です。

Ŏsakabŏeki-no　syain-desu.

大阪貿易公司的員工。

句型代換

練習Ⓐ

劉(りゅう)さんは　大学生(だいがくせい)ですか。↗
Ryŭ-san-wa　daigakusĕ-desuka?

劉小姐是大學生嗎？

▼請將反白字部分替代成以下語詞。

例：劉(りゅう)さん・大学生(だいがくせい)
ryŭ-san　daigakusĕ
劉小姐・大學生

1. 田中(たなか)さん・先生(せんせい)
tanaka-san　sensĕ
田中先生・老師

2. 木村(きむら)さん・会社員(かいしゃいん)
kimura-san　kaisyain
木村小姐・上班族

3. 王(おう)さん・公務員(こうむいん)
ŏ-san　kŏmuin
王先生・公務員

知識庫

句尾的「ですか」，表示疑問句，語調上揚。書寫日文時，敬體的疑問句使用的標點符號是「。」而不是「？」。

練習B

私(わたし)は　**台湾**(たいわん)の　**留学生**(りゅうがくせい)です。

Watashi-wa taiwan-no　ryŭgakusĕ-desu.

我是台灣的留學生。

▼請將反白字部分替代成以下語詞。

例：**私**(わたし)・**台湾**(たいわん)・**留学生**(りゅうがくせい)

watashi taiwan　ryŭgakusĕ

我・台灣・留學生

1. 田中(たなか)さん・富士大学(ふじだいがく)・先生(せんせい)

   tanaka-san　fujidaigaku　sensĕ

   田中先生・富士大學・老師

2. 木村(きむら)さん・大阪貿易(おおさかぼうえき)・社員(しゃいん)

   kimura-san　ŏsakabŏeki　syain

   木村小姐・大阪貿易公司・職員

3. 王(おう)さん・市役所(しやくしょ)・公務員(こうむいん)

   ŏ-san　shiyakusho　kŏmuin

   王先生・市公所・公務員

知識庫

1. 「の」用於名詞與名詞的連接，相當中文的 [的]。在此用於說明職業所屬的單位。
2. 若前句已提過或彼此都知道談論的主題時，「～は」可省略。如示範會話中，木村先生說明自己的所屬單位「大阪貿易(おおさかぼうえき)の　社員(しゃいん)」時，即省略了「私(わたし)は」。

常用句 1

はい、そうです。［是。］
Hai,　　sŏ-desu.

いいえ。［不是。］
Ĭe.

知識庫

回答 yes / no 的是非問句時，「はい」表示肯定，後句可再說「そうです」以認同對方的說法。「いいえ」則表示對於問句的否定。

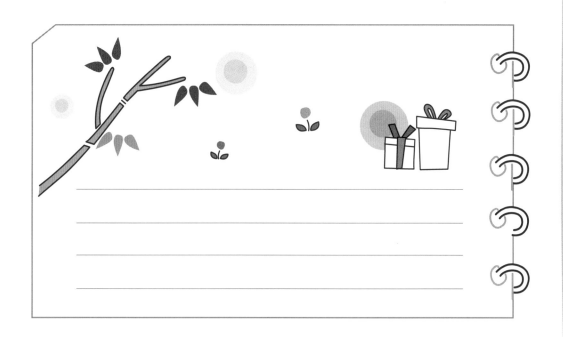

1.4 請教姓名

▶ 在宴會上認識朋友，談論學校及年級。

1-4

示範會話

：はじめまして。私(わたし)は　ジョンです。
Hajimemashite,　Watashi-wa　jon-desu.
第一次見面，我叫做喬。

失礼(しつれい)ですが、お名前(なまえ)は。 1
Shitsurě-desuga,　onamae-wa?
很冒昧，請教您貴姓。

：はじめまして。劉(りゅう)です。
Hajimemashite,　Ryŭ-desu.
第一次見面。我姓劉。

富士大学(ふじだいがく)の　学生(がくせい)です。
Fujidaigaku-no　gakusě-desu.
我是富士大學的學生。

：そうですか。[2]

Sŏ-desuka?

是嗎？

私(わたし)も　富士大学(ふじだいがく)の　学生(がくせい)です。A

Watashi-mo fujidaigaku-no　gakusĕ-desu.

我也是富士大學的學生。

：私(わたし)は　新入生(しんにゅうせい)です。

Watashi-wa shinnyŭsĕ-desu.

我是新生。

ジョンさんも　新入生(しんにゅうせい)ですか。

Jon-san-mo　shinnyŭsĕ-desuka?

喬同學也是新生嗎？

：いいえ、私(わたし)は　二年生(にねんせい)です。

Ĭe,　watashi-wa　ninensĕ-desu.

不，我是二年級生。

句型代換

練習Ⓐ

わたし　ふじだいがく　がくせい
私も　**富士大学の　学生**です。
Watashi-mo fujidaigaku-no gakusě-desu.

我也是富士大學的學生。

▼請將反白字部分替代成以下語詞。

例：
わたし　ふじだいがく　がくせい
私・**富士大学の　学生**
watashi fujidaigaku-no gakusě

我・富士大學的學生

1. たかはし　ちゅうがっこう　せんせい
高橋さん・中学校の　先生
takahashi-san chŭgakkŏ-no sensě

高橋先生・國中的老師

2. やました　こうこう　さんねんせい
山下さん・高校の　三年生
yamashita-san kŏkŏ-no sannensě

山下同學・高中三年級

3. だいがくいん　いちねんせい
マリアさん・大学院の　一年生
maria-san daigakuin-no ichinensě

瑪莉亞小姐・研究所一年級

知識庫

「も」相當於中文的［也］，使用的前提必須有前句提示。例，

りゅう　だいがくせい　だいがくせい
劉さんは　大学生です。ジョンさんも　大学生です。
Ryŭ-san-wa daigakusě-desu. Jon-san-mo daigakusě-desu.
［劉小姐是大學生，喬同學也是大學生。］

だいがくせい
當後句敘述同為「大学生」時，助詞「は」變「も」。但後文的敘述若不相同時，「も」要恢復成「は」。例如：

A：劉(りゅう)さんは　一年生(いちねんせい)です。ジョンさんも　一年生(いちねんせい)ですか。
Ryŭ-san-wa　ichinensě-desu.　Jon-san-mo　ichinensě-desuka?
[劉小姐是一年級，喬同學也是一年級嗎？]

B：いいえ、ジョンさんは　二年生(にねんせい)です。
Ĭe,　jon-san-wa　ninensě-desu.
[不，喬同學是二年級。]

常用句 1

失礼(しつれい)ですが、お名前(なまえ)は。↗［很冒昧，請教您貴姓？］

Shitsurě-desuga,　onamae-wa?

知識庫

「失礼(しつれい)ですが」，在請教對方隱私等資訊時的一種表達禮貌性的說法。「お名前(なまえ)」的「お」爲接頭語，表示對對方的尊敬，中文意思爲［您的～］。但回答這類問題時，記得不可用於自己身上。「お名前(なまえ)は」爲疑問句，句尾的語調要上揚。

常用句 2

そうですか。↗［是嗎？］

Sŏ-desuka?

知識庫

在此爲疑問句，句尾的語調上揚。對於對方所談的內容，表示疑問或驚訝時使用。

1.5 談論國籍

▶ 在宴會上，談論彼此的國籍背景。

1-5

示範會話

ジョン：劉(りゅう)さんの　お国(くに)は。[1]
Ryŭ-san-no　okuni-wa?
劉小姐的國籍是哪裡？

劉：私(わたし)は　台湾(たいわん)から　来(き)ました。Ⓐ
Watashi-wa taiwan-kara　kimashita.
我來自台灣。

ジョンさんは　アメリカの　方(かた)ですか。Ⓑ
Jon-san-wa　amerika-no　kata-desuka?
喬同學是美國人嗎？

ジョン：いいえ、私(わたし)は　アメリカ人(じん)では
Ĭe,　watashi-wa　amerikajin-dewa
ありません。Ⓒ
arimasen.
不，我不是美國人。

イギリス人(じん)です。
Igirisujin-desu.
我是英國人。

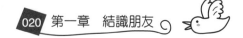

イギリスの　ロンドンから　来(き)ました。 Igirisu-no　rondon-kara　kimashita.	來自英國的倫敦。
劉：そうですか。2 Sŏ-desuka.	是喔。

句型代換

練習A

私(わたし)は **台湾**(たいわん)から　来(き)ました。
Watashi-wa taiwan-kara　kimashita.

我來自台灣。

▼請將反白字部分替代成以下語詞。

例：**私**(わたし)・**台湾**(たいわん)
watashi taiwan

我・台灣

1. ジョンさん・イギリスの　ロンドン
jon-san　igirisu-no　rondon

喬同學・英國的倫敦

2. 高橋(たかはし)さん・日本(にほん)の　東京(とうきょう)
takahashi-san　nihon-no　tŏkyŏ

高橋先生・日本的東京

3. マリアさん・ブラジル
maria-san　burajiru

瑪莉亞小姐・巴西

知識庫

表明國籍的說法之一。「から」爲助詞，有［來自於］的意思。「来(き)ました」是「来(く)る」［來］的動詞禮貌形過去式。

練習Ⓑ

ジョンさんは　アメリカの　方（かた）ですか。↗

Jon-san-wa　amerika-no　kata-desuka?

喬同學是美國人嗎？

▼請將反白字部分替代成以下語詞。

例：ジョンさん・アメリカ

jon-san　amerika

喬同學・美國

1. 劉（りゅう）さん・タイ

ryŭ-san　tai

劉小姐・泰國

2. 高橋（たかはし）さん・韓国（かんこく）

takahashi-san　kankoku

高橋先生・韓國

3. マリアさん・スペイン

maria-san　supein

瑪莉亞小姐・西班牙

知識庫

和句型Ⓐ一樣是說明國籍的意思。但「方（かた）」的說法較爲禮貌，因此詢問別人的國籍時可表尊敬之意，但不適合用在自己的情況。

練習Ⓒ

ジョンさんは　アメリカ人（じん）では　ありません。
Jon-san-wa amerikajin-dewa arimasen.

イギリス人（じん）です。
Igirisujin-desu.

喬同學不是美國人，是英國人。

▼請將反白字部分替代成以下語詞。

例：ジョンさん・アメリカ・イギリス
jon-san amerika igirisu

喬同學・美國・英國

1. 劉さん・タイ・台湾（たいわん）
ryŭ-san tai taiwan

劉小姐・泰國・台灣

2. 高橋（たかはし）さん・韓国（かんこく）・日本（にほん）
takahashi-san kankoku nihon

高橋先生・韓國・日本

3. マリアさん・スペイン・ブラジル
maria-san supein burajiru

瑪莉亞小姐・西班牙・巴西

知識庫

1. 句尾的「～では　ありません」是否定句，表示［不是～］的意思。「では」的「は」應唸作〔wa〕。口語時，亦可簡略成「～じゃ　ありません」(ja arimasen) 的說法。例如：

ジョンさんは　アメリカ人（じん）じゃ　ありません。
Jon-san-wa amerikajin-ja arimasen

2. 與句型Ⓐ、句型Ⓑ同為說明國籍的意思。「～人（じん）」說明哪個地方或區域的人，可用於自己或別人身上。但詢問別人國籍時，不如句型Ⓑ來得禮貌。

常用句 1

[姓名] の　お国(くに)は。↗[[姓名] 的國籍是哪裡？]
no　okuni-wa?

知識庫

「お国(くに)」的「お」爲接頭語，表示對對方的尊敬，中文意思爲[您的～]。疑問句，句尾的語調要上揚。

常用句 2

そうですか。↘[是喔。]
Sŏ-desuka.

知識庫

「そうですか」句尾的語調下降，表示並非疑問句的用法。這是一種當對方釋出訊息時，給予回應的方式。相當於中文的 [是嘛] [是喔]，表示已收到對方所給的訊息。

1.6 打探消息

▶ 在宴會上，向朋友詢問某人的背景。

1-6

示範會話

ジョン：劉（りゅう）さん、あの人（ひと）は　誰（だれ）ですか。Ⓐ
Ryŭ-san,　anohito-wa　dare-desuka?
劉小姐，那個人是誰？

劉：ああ、田中先生（たなかせんせい）ですよ。[1]
Ă,　tanaka-sensĕ-desuyo.
喔，是田中老師呀。

ジョン：隣（となり）の　人（ひと）は。
Tonari-no hito-wa?
隔壁的人呢？

劉：木村（きむら）さんです。
Kimura-san-desu.
是木村小姐。

たなかせんせい　きむら　にほんじん
田中先生と　木村さんは　日本人です。B
Tanaka-sensě-to　kimura-san-wa　nihonjin-desu.

田中老師與木村小姐，是日本人。

たなかせんせい　ふじだいがく　せんせい
田中先生は　富士大学の　先生で、
Tanaka-sensě-wa　fujidaigaku-no　sensě-de,

きむら　かいしゃいん
木村さんは　会社員です。C
kimura-san-wa　kaisyain-desu.

田中老師是富士大學的老師，木村小姐是上班族。

：そうですか。
Sŏ-desuka.

是喔。

句型代換

練習A

A：あの人(ひと)は　誰(だれ)ですか。↗
Anohito-wa　dare-desuka?

那個人是誰？

B：［あの人(ひと)は］田中先生(たなかせんせい)です。
Anohito-wa　tanaka-sensě-desu.

［那個人是］田中老師。

▼請將反白字部分替代成以下語詞。

例：あの人(ひと)／田中先生(たなかせんせい)
anohito　tanaka-sensě

那個人／田中老師

1. マリアさん／ブラジルの　留学生(りゅうがくせい)
maria-san　burajiru-no　ryŭgakusě
瑪莉亞小姐／巴西的留學生

2. 王(おう)さんの　隣(となり)の　人(ひと)／高橋(たかはし)さん
ŏsan-no　tonari-no　hito　takahashi-san
王先生隔壁的人／高橋先生

3. 高橋(たかはし)さん／木村(きむら)さんの　友達(ともだち)
takahashi-san　kimura-san-no　tomodachi
高橋先生／木村小姐的朋友

知識庫

「誰(だれ)」是詢問有關人的疑問詞，回答時可說明此人的名字、職業，或與某人的關係等與此人相關的資訊。該句屬疑問句，句尾語調要上揚。

練習Ⓑ

田中先生（たなかせんせい）と 木村さん（きむら）は 日本人（にほんじん）です。

Tanaka-sensě-to kimura-san-wa nihonjin-desu.

田中老師與木村小姐是日本人。

▼請將反白字部分替代成以下語詞。

例：田中先生（たなかせんせい）・木村さん（きむら）・日本人（にほんじん）

tanaka-sensě kimura-san nihonjin

田中老師・木村小姐・日本人

1. ジョンさん・マリアさん・外国人（がいこくじん）
   jon-san maria-san gaikokujin
   喬同學・瑪莉亞小姐・外國人
2. 劉（りゅう）さん・ジョンさん・友達（ともだち）
   ryŭ-san jon-san tomodachi
   劉小姐・喬同學・朋友
3. 王（おう）さん・高橋（たかはし）さん・クラスメート
   ŏ-san takahashi-san kurasuměto
   王先生・高橋先生・同學

知識庫

助詞「と」用於名詞與名詞的連接，相當中文［和］的意思，連接相同性質或內容的人事物。

練習Ⓒ

たなかせんせい　ふじだいがく　せんせい
田中先生は　富士大学の　先生で、
Tanaka-sensě-wa　fujidaigaku-no　sensě-de,
きむら　かいしゃいん
木村さんは　会社員です。
kimura-san-wa　kaisyain-desu.

田中老師是富士大學的老師，而木村小姐是上班族。

▼請將反白字部分替代成以下語詞。

例：
たなかせんせい　ふじだいがく　せんせい
田中先生・富士大学の　先生・
tanaka-sensě　fujidaigaku-no　sensě
きむら　かいしゃいん
木村さん・会社員
kimura-san　kaisyain

田中老師・富士大學的老師・木村小姐・上班族

1. ジョンさん・イギリス人（じん）・
jon-san　igirisujin
マリアさん・ブラジル人（じん）
maria-san　burajirujin

喬同學・英國人・瑪莉亞小姐・巴西人

2. りゅう　だいがく　いちねんせい
劉 さん・大学の　一年生・
ryŭ-san　daigaku-no　ichinensě
だいがく　にねんせい
ジョンさん・大学の　二年生
jon-san　daigaku-no　ninensě

劉小姐・大學一年級・喬同學・大學二年級

3. おう　こうむいん
王さん・公務員・
ŏ-san　kŏmuin
たかはし　ちゅうがっこう　せんせい
高橋さん・中学校の　先生
takahashi-san　chyŭgakkŏ-no　sensě

王先生・公務員・高橋先生・國中老師

知識庫

1. 前後句皆爲相同話題時，可用「で」將兩個句子合成爲一個句子。例如：

田中先生(たなかせんせい)は　富士大学(ふじだいがく)の　先生(せんせい)です。木村(きむら)さんは　会社員(かいしゃいん)です。
Tanaka-sensě-wa fujidaigaku-no sensě-desu. Kimura-san-wa kaisyain-desu.

⇒ 田中先生(たなかせんせい)は　富士大学(ふじだいがく)の　先生(せんせい)で、木村(きむら)さんは　会社員(かいしゃいん)です。
Tanaka-sensě-wa fujidaigaku-no sensě-de, kimura-san-wa kaisyain-desu.

2. 前後句皆爲同一主詞時，也可使用。後句主詞可省略。例如：

田中先生(たなかせんせい)は　日本(にほん)の　方(かた)です。田中先生(たなかせんせい)は　富士大学(ふじだいがく)の　先生(せんせい)です。
Tanaka-sensě-wa nihon-no kata-desu. Tanaka-sensě-wa fujidaigaku-no sensě-desu.

⇒ 田中先生(たなかせんせい)は　日本(にほん)の　方(かた)で、富士大学(ふじだいがく)の　先生(せんせい)です。
Tanaka-sensě-wa nihon-no kata-de, fujidaigaku-no sensě-desu.

常用句 1

[句子] よ。[～呀]
yo.

知識庫

「～よ」置於句尾的語助詞。相當於中文的 [～啊] [～呀]，強調給予對方訊息的語氣。如對方也已掌握該訊息時，則不適合使用。

第二章 建立人際關係

- 禮尚往來　敦親睦鄰 -

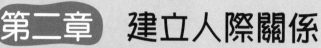

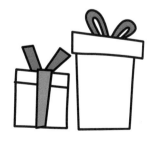

2.1 拜訪送禮

▶ 拜訪房東家，禮貌致意、贈送禮物。

2-1

示範會話

（門鈴響）

大家：はい、どなたですか。[1] Hai, donata-desuka?	來了！哪一位呀？
劉：劉（りゅう）です。 Ryŭ-desu.	我是劉小姐。
大家：ちょっと　待（ま）って　ください。[2] Chotto matte kudasai. ……………………	請稍等一下。

劉：これから　お世話(せわ)に　なります。3　　今後承蒙照顧。

Korekara　osewa-ni　narimasu.

お土産(みやげ)です。どうぞ。A　　這是名產，請收下。

Omiyage-desu.　Dŏzo.

大家：どうも　ありがとう　ございます。4　　謝謝您。

Dŏmo　arigatŏ　gozaimasu.

これは　何(なん)ですか。B　　這是什麼？

Kore-wa　nan-desuka?

劉：台湾(たいわん)の　パイナップルケーキです。　　台灣的鳳梨酥。

Taiwan-no　painappurukĕki-desu.

句型代換

練習A

お土産(みやげ)です。どうぞ。

Omiyage-desu.　Dŏzo.

這是名產，請收下。

▼請將反白字部分替代成以下語詞。

例：お土産(みやげ)です
omiyage-desu
名產

1. プレゼントです
   purezento-desu
   禮物
2. 感謝(かんしゃ)の　気持(きも)ちです
   kansya-no　kimochi-desu
   感謝的心意
3. ごあいさつの　しるしとして
   go aisatsu-no　shirushi-toshite
   當作見面禮

知識庫

這些句子，可作為贈禮時的慣用說法。「どうぞ」中文意思為［請］，在此是在送禮給對方，或將東西交給對方時，請對方收下的意思。除此之外，希望對方做某事時，如［請進］［請用］［請吃］等，也可以使用。

練習B

A：これは　何(なん)ですか。
Kore-wa　nan-desuka?

這是什麼？

B：台湾(たいわん)の　パイナップルケーキです。
Taiwan-no　painappurukěki-desu.

台灣的鳳梨酥。

▼請將反白字部分替代成以下語詞。

例：台湾(たいわん)・パイナップルケーキ
taiwan　painappurukěki

台灣・鳳梨酥

1. 日本(にほん)・お菓子(かし)
nihon　okashi

日本・餅乾

2. ブラジル・コーヒー
burajiru　kǒhǐ

巴西・咖啡

3. フランス・チョコレート
furansu　chokorěto

法國・巧克力

知識庫

「何(なん)」是詢問有關東西的疑問詞，相當於中文的［什麼］。回答時可對於所指的物品作說明。

常用句 1

はい、どなたですか。 [來了！哪位啊？]
Hai, donata-desuka?

知識庫

「はい」，除了是對於是非問句的肯定回應，也可作爲答覆的應聲。「どなた」是比「誰(だれ)」更爲有禮貌的問法。

常用句 2

ちょっと　待(ま)って　ください。 [請等一下。]
Chotto matte kudasai.

知識庫

「ちょっと」是稍許的意思，而「待(ま)って　ください」是請人等待。若是對熟識的朋友，也可省略「ください」簡單說「ちょっと　待(ま)って」。

常用句 3

これから　お世話(せわ)に　なります。 [今後承蒙照顧。]
Korekara osewa-ni narimasu.

知識庫

進入一個新環境時，希望這裡的人以後能多多照顧時的謙虛說法。

常用句 4

どうも　ありがとう　ございます。［非常感謝您。］
Dŏmo　arigatŏ　gozaimasu.

知識庫

表示感謝之意。常用的說法，可依禮貌程度排列如下：

どうも。
Dŏmo.

ありがとう。
Arigatŏ.

どうも　ありがとう。
Dŏmo　arigatŏ.

ありがとう　ございます。
Arigatŏ　gozaimasu.

どうも　ありがとう　ございます。
Dŏmo　arigatŏ　gozaimasu.

2.2 詢問電話號碼

▶ 向房東詢問電話號碼。

2-2

示範會話

劉：大家（おおや）さんの　電話番号（でんわばんごう）は　何番（なんばん）ですか。Ⓐ
Ŏyasan-no denwabangŏ-wa nanban-desuka?
請問房東太太的電話是幾號？

大家：私（わたし）の　電話番号（でんわばんごう）は　０９０（ゼロきゅうゼロ）―（の）
Wtashi-no denwabangŏ-wa zerokyŭzero-no
８７６５（はちななろくご）―（の）　４３２１（よんさんにいち）です。Ⓑ
hachinanarokugo-no yonsanniichi-desu.
我的電話號碼是090-8765-4321。

劉：あ、もう一度（いちど）　お願（ねが）い　します。[1]
A, mŏichido onegai shimasu.
啊，請再說一次。

大家：はい、０９０（ゼロきゅうゼロ）―（の）　８７６５（はちななろくご）―（の）
Hai, zerokyŭzero-no hachinanarokugo-no
好的，090-8765-4321。

よんさん に いち
４３２１です。
yonsanniichi-desu.

劉：ゼロきゅうゼロ の はちななろくご の よんさんいちいち
０９０－８７６５－４３１１ですね。2
Zerokyŭzero-no hachinanarokugo-no yonsanichiichi-desune.
090-8765-4311，對嗎？

大家：ちが
いいえ、違います。3
Ĭe, chigaimasu.
不，不對的。

よんさん に いち
４３２１です。
Yonsanniichi-desu.
是 4321。

劉：はちななろく ご の よんさん に いち
８７６５－ ４３２１ですね。
Hachinanarokugo-no yonsanniichi-desune.
是 8765-4321 嗎？

ありがとう　ございます。
Arigatŏ gozaimasu.
謝謝。

大家：いいえ。4
Ĭe.
不會。

句型代換

練習A

大家さんの　電話番号は　何番ですか。（おおや／でんわばんごう／なんばん）
Ŏyasan-no　denwabangŏ-wa　nanban-desuka?

房東太太的電話號碼是幾號？

▼請將反白字部分替代成以下語詞。

例：大家さん（おおや）
ŏyasan
房東

1. 王さんの　家（おう／うち）
ŏ-san-no　uchi
王先生家裡

2. 木村さんの　会社（きむら／かいしゃ）
kimura-san-no　kaisya
木村小姐的公司

3. ジョンさんの　携帯（けいたい）
jon-san-no　kĕtai
喬同學的手機

知識庫

詢問對方的電話號碼。「何番（なんばん）」為疑問詞，詢問號碼。詢問電話時，也可使用「お電話番号は↗（でんわばんごう）」更簡單的問法。
odenwabangŏ-wa

練習Ⓑ

わたし　でんわばんごう　ゼロきゅうゼロ の はちななろく ご の

私の　電話番号は　０９０－８７６５－

Watashi-no denwabangŏ-wa zerokyŭzero-no hachinanarokugo-no

よんさん に いち

４３２１です。

yonsanniichi-desu.

我的電話號碼是090-8765-4321。

▼請將反白字部分替代成以下語詞。

わたし　ゼロきゅうゼロ の はちななろく ご の

例：私・０９０－８７６５－

watashi zerokyŭzero-no hachinanago-no

よんさん に いち

４３２１

yonsanniichi

我・090-8765-4321

にゅうこくかんりきょく　ゼロさん の　ご ななきゅうろく の

1. 入国管理局・０３－５７９６－

nyŭkokukanrikyoku　zerosan-no gonanakyŭroku-no

なないちいち に

７１１２

nanaichiichini

出入境管理局・03-5796-7112

こうりゅうきょうかい　ゼロさん の　ご ご ななさん の

2. 交流協会・０３－５５７３－

kŏryŭkyŏkai　zerosan-no gogonanasan-no

に ろくゼロゼロ

２６００

nirokuzerozero

交流協會・03-5573-2600

なりたくうこう　ゼロよんななろく の　さんよん の

3. 成田空港・０４７６－３４－

naritakŭkŏ　zeroyonnanaroku-no sanyon-no

はちゼロゼロゼロ

８０００

hachizerozerozero

成田機場・0476-34-8000

知識庫

0～9數字的唸法，列表如下：

0	れい・ゼロ rě zero
1	いち ichi
2	に ni
3	さん san
4	し・よん shi yon
5	ご go
6	ろく roku
7	しち・なな shichi nana
8	はち hachi
9	く・きゅう ku kyŭ

當我們在算東西依序數數時，會唸「いち・に・さん・し・ご・ろく・しち・はち・く…」。但若是不按順序出現的號碼，如電話號碼時，為避免引起對方的誤解，會使用另一組唸法「０＝ゼロ」「４＝よん」「７＝なな」「９＝きゅう」來表達。

常用句 1

もう一度(いちど)　お願(ねが)い　します。 ［ 麻煩再一次。 ］

Mŏichido　onegai　shimasu.

知識庫

「もう一度(いちど)」是［ 再一次 ］的意思。希望對方［ 再說一次 ］或［ 再做一次 ］等，重覆相同動作時，即可使用。

常用句 2

～ね。↗

ne

知識庫

對於對方所說的內容無法確定時，在句尾加「ね」語調上揚，可以表示向對方確認的語氣。在此，覆誦電話號碼向對方確認，以避免錯誤。

常用句 3

いいえ、違(ちが)います。 ［ 不，不是。 ］

Ĭe,　chigaimasu.

知識庫

對於對方的問題，表示否定時使用。相對於肯定的「はい、そうです。」例如，

Q：これは　コーヒーですか。 ［ 這是咖啡嗎？ ］

Kore-wa　kŏhĭ-desuka?

A：〔肯定〕はい、そうです。［是的。］
Hai, sŏ-desu.

〔否定〕いいえ、違(ちが)います。［不是。］
Ĭe, chigaimasu.

常用句 4

いいえ。［不會。］
Ĭe.

知識庫

對於「ありがとう　ございます」最簡單的回應。

2.3 撿到失物

▶ 撿到失物，向人詢問歸屬所有。

2-3

示範會話

大家：	劉(りゅう)さん。 Ryŭ-san.	劉小姐。
劉：	はい、何(なん)ですか。1 Hai, nan-desuka?	是，什麼事？
大家：	これは 劉(りゅう)さんの 傘(かさ)ですか。A Kore-wa ryŭ-san-no kasa-desuka?	這是劉小姐的雨傘嗎？
劉：	ええ、私(わたし)の 傘(かさ)です。 Ĕ, watashi-no kasa-desu.	對，是我的傘。

どうも　ありがとう　ございます。
Dŏmo　arigatŏ　gozaimasu.
非常謝謝。

：どう　いたしまして。2
Dŏ　itashimashite.
不客氣。

これも　劉(りゅう)さんのですか。
Kore-mo　ryŭ-san-no-desuka?
這個也是劉小姐的嗎？

：いいえ、私(わたし)のじゃ　ありません。
Ĭe,　watachi-no-ja　arimasen.
不是，不是我的。

：そうですか。誰(だれ)のですか。
Sŏ-desuka.　Dare-no-desuka?
是嘛。是誰的呢？

：さあ、わかりません。3
Să,　wakarimasen.
嗯～，不知道。

句型代換

練習Ⓐ

これは　劉（りゅう）さんの　傘（かさ）ですか。 Kore-wa　ryŭ-san-no　kasa-desuka?	這是劉小姐的雨傘嗎？

▼請將反白字部分替代成以下語詞。

例：劉（りゅう）さん・傘（かさ） ryŭ-san　kasa	劉小姐・雨傘
1. 王（おう）さん・カギ ŏ-san　kagi	王先生・鑰匙
2. 木村（きむら）さん・お金（かね） kimura-san　okane	木村小姐・錢
3. ジョンさん・かばん jon-san　kaban	喬同學・包包

知識庫

上一章1-3曾學過「の」相當於中文［的］，在此指為某人所屬、所有的關係。「ジョンさんの　かばん」［喬同學的包包］。當所有的東西，若為已知的東西，則可以省略。例如：

A：これは　誰（だれ）の　かばんですか。［這是誰的包包？］
Kore-wa　dare-no　kaban-desuka?

B：ジョンさんのです。［是喬同學的。］
Jon-san-no-desu.

常用句 1

はい、何（なん）ですか。［什麼事？］
Hai, nan-desuka?

知識庫

前一節 2-2 提到「何（なん）」，作爲詢問有關東西的疑問詞。在此，則用於回應別人的呼喚。相當於［有什麼事］的意思。

常用句 2

どう　いたしまして。［不客氣。］
Dǒ itashimashite.

知識庫

對於「ありがとう　ございます」回應。也可以說「いいえ、どう　いたしまして」［不會，不用客氣。］

常用句 3

さあ、わかりません。［嗯～，不知道。］
Să, wakarimasen.

知識庫

對於對方所問的問題，不知道或不了解時可以使用。對話時也可以只用「さあ」來表達。

2.4 噓寒問暖

▶ 在路上遇到熟人，彼此表示關心。

2-4

示範會話

山田：劉(りゅう)さん、おはよう　ございます。Ⓐ
Ryŭ-san,　ohayŏ　gozaimasu.
劉小姐，早安。

劉：あ、山田さん、おはよう　ございます。
A,　yamada-san,　ohayŏ　gozaimasu.
啊，山田先生，您早。

今日(きょう)は　寒(さむ)いですね。Ⓑ
Kyŏ-wa　samui-desune.
今天好冷啊。

山田：ええ、本当(ほんとう)に　寒(さむ)いですね。
Ĕ,　hontŏ-ni　samui-desune.
是啊，真的好冷。

劉：では[1]、どうぞ　お気(き)を　つけて。[2]
Dewa,　dŏzo　oki-o　tsukete.
那麼，請您小心。

山田：ええ、劉(りゅう)さんも。[3]
Ĕ,　ryŭ-san-mo.
嗯，劉小姐也是。

句型代換

練習Ⓐ

A：劉(りゅう)さん、おはよう　ございます。
Ryǔ-san, ohayǒ gozaimasu.

劉小姐，早安。

B：あ、山田(やまだ)さん、おはよう　ございます。
A, yamada-san, ohayǒ gozaimasu.

啊，山田先生，您早。

▼請將反白字部分替代成以下語詞。

例：おはよう　ございます
ohayǒ gozaimasu

早安

1. おはよう
ohayǒ
早

2. こんにちは
konnichi-wa
午安

3. こんばんは
konban-wa
晚安

知識庫

在不同的時間點，與人互相打招呼的招呼語。「おはようございます」大約用於早上十點之前，「ございます」是禮貌的用法，所以跟關係比較親近的家人或朋友，可以直接用「おはよう」。「こんにちは」用於十點後直到黃昏時間。「こんばんは」則是用在晚上時間的打招呼。「は」是助詞，請唸成［ wa ］。

練習B

A：今日(きょう)は　寒い(さむい)ですね。　今天好冷啊。
Kyŏ-wa　samui-desune.

B：ええ、本当(ほんとう)に　寒い(さむい)ですね。　是啊，真的好冷啊。
Ĕ,　hontŏ-ni　samui-desune.

▼請將反白字部分替代成以下語詞。

例：寒い(さむい)　好冷
samui

1. 暑い(あつい)　好熱
atsui

2. 雨(あめ)　下雨
ame

3. いい　天気(てんき)　天氣好
ĭ　tenki

知識庫

日本的四季分明，見面時聊天氣變成一種互相寒暄，表示關心的方式。回應時的「ええ」表示肯定，相當於「はい」(hai)的口語用法。「本当(ほんとう)に」則相當於中文［真的］的意思。

常用句1

では。［那麼。］
Dewa.

知識庫

在對話的最後，做談話的結論時使用，相當於中文［那麼］的意思。在口語表現時，有時也會說成「じゃ(ja)」。

常用句2

お気(き)を　つけて。［請您小心。］
Oki-o　tsukete.

知識庫

「気(き)を　つける」是［小心］的意思，「お気(き)を　つけて」則是在提醒對方小心。也可以簡短地說「気(き)を　つけて」，在緊急危險時或道別時提醒別人小心注意。

常用句3

劉さんも。［劉小姐也是。］
Ryŭ-san-mo.

知識庫

在示範會話中，劉小姐提醒山田太太小心時說「どうぞ　お気(き)を　つけて」時，山田太太希望劉小姐也要小心所做的回應。也就是說，在「劉(りゅう)

さんも」之後省略了「お気を　つけて」。這種省略用法，在會話中經常使用。

2.5 敦親睦鄰

▶ 出門時，遇到鄰居交代去向。

2-5

示範會話

劉：こんにちは。
Kon nichi-wa.
午安啊。

鈴木：こんにちは。
Kon nichi-wa.
妳好。

お出掛(でか)けですか。 1
Odekake-desuka?
要出門嗎？

劉：ええ。ちょっと　銀行(ぎんこう)へ　行(い)きます。 A
Ě.　Chotto　ginkŏ-e　ikimasu.
對，我去一下銀行。

鈴木：	そうですか。 Sŏ-desuka.	是嘛。
	行(い)って　らっしゃい。2 Itte　rasshai.	請慢走。
劉：	行(い)って　きます。3 Itte　kimasu.	我出門了。

句型代換

練習Ⓐ

ちょっと　銀行(ぎんこう)へ　行(い)きます。 Chotto　ginkŏ-e　ikimasu.	我去一下銀行。

▼請將反白字部分替代成以下語詞。

例：銀行(ぎんこう) ginkŏ	銀行
1. 学校(がっこう) gakkŏ	學校
2. スーパー sŭpă	超商
3. コンビニ konbini	便利商店

知識庫

1. 「へ」在此爲助詞，須唸作［ e ］，表示方向及目的地。後面通常接有方向性的動詞，如「行(い)きます」等。在口語對話時，動詞「行(い)きます」也可以省略，變成「ちょっと銀行(ぎんこう)へ」的簡單說法。
2. 「ちょっと」相當於中文的［一下下、一點點］的意思。示範會話中，劉小姐熟識鈴木小姐，爲回應對方的關心，告訴她要前往的地方。但，若不想清楚告知對方，也可只說「ちょっと」來作爲應付。

常用句 1

お出掛(でか)けですか。［要出門嗎？］
Odekake-desuka?

知識庫

「出掛(でか)ける」是動詞，出門的意思。在此為禮貌的說法，關心對方是否
dekakeru
準備出門的打招呼。

常用句 2

行(い)って　らっしゃい。［請慢走。］
Itte　rassyai.

知識庫

用於家人或熟識的人要離開時，請他［去去就回］的招呼語。偶爾在工作上也會使用。

常用句 3

行(い)って　きます。［我出門了。］
Itte　kimasu.

知識庫

相對於「行(い)って　らっしゃい」，自己要外出時所說的招呼語。更有禮貌的說法是「行(い)って　まいります」。
Itte　mairimasu

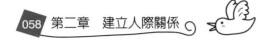

2.6 關心別人

▶ 在回家路上，遇到房東太太。

2-6

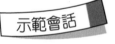

示範會話

大家：こんばんは。今(いま)、お帰(かえ)り。[1]
Konban-wa. Ima, okaeri?
晚安。現在才回來啊。

劉：ええ。ただいま。[2]
Ě. Tadaima.
是啊。我回來了。

大家：お帰(かえ)り　なさい。[3]
Okaeri nasai.
妳回來了。

今日(きょう)は　遅(おそ)いですね。Ⓐ
Kyǒ-wa osoi-desune.
今天好晚喔。

劉：ええ、仕事(しごと)の　ことで。Ⓑ
Ě, shigoto-no koto-de.
對啊，因為工作的關係。

大家：大変（たいへん）ですね。4

Taihen-desune.

好辛苦喔。

劉：ええ。お休（やす）み　なさい。5

Ě.　Oyasumi　nasai.

嗯。晚安。

大家：お休（やす）み。

Oyasumi.

晚安。

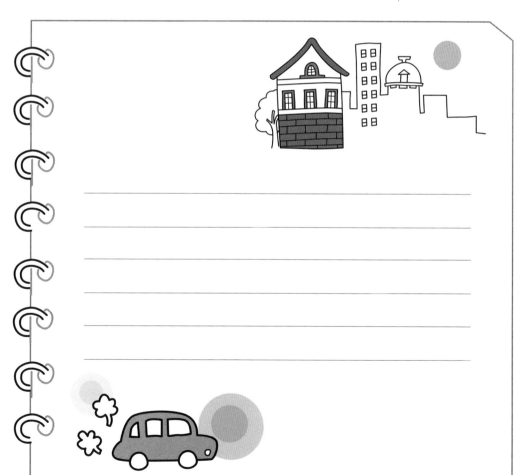

句型代換

練習Ⓐ

今日(きょう)は　遅(おそ)いですね。　　今天好晚喔。

Kyǒ-wa　osoi-desune.

▼請將反白字部分替代成以下語詞。

例：今日(きょう)・遅(おそ)い　　今天・好晚

kyǒ　osoi

1. 今日(きょう)・忙(いそが)しい　　今天・好忙

kyǒ　isogashǐ

2. 最近(さいきん)・遅(おそ)い　　最近・好晚

saikin　osoi

3. 最近(さいきん)・忙(いそが)しい　　最近・好忙

saikin　isogashǐ

知識庫

在此句尾的「ね」，除了有向對方確認的語氣外，也爲了取得對方同感的發話。

練習B

A：今日(きょう)は　遅(おそ)いですね。
Kyŏ-wa　osoi-desune.
今天好晚喔。

B：ええ、仕事(しごと)の　ことで。
Ĕ,　shigoto-no　koto-de.
對啊，因為工作的關係。

▼請將反白字部分替代成以下語詞。

例：仕事(しごと)
shigoto
工作

1. 学校(がっこう)
gakkŏ
學校

2. 会議(かいぎ)
kaigi
開會

3. テスト
tesuto
考試

知識庫

「こと」意思爲［事情］，「仕事(しごと)のこと」表示與工作相關的事情。「で」爲助詞，在此爲提示原因，相當中文［由於～的關係］的意思。

常用句 1

今、お帰り。↗ [現在才回來啊？]
Ima,　okaeri?

知識庫

前一節 2-5「お出掛けですか」在詢問人是否出門。相反地，若是關心
odekake-desuka
對方是否現在才回來，就可以用這句。動詞「帰る」是 [回家] 的意思，更有禮貌的說法是「お帰りですか」?。
Okaeri-desuka

常用句 2

ただいま。 [我回來了。]
Tadaima.

知識庫

用於剛回到家或工作地點時。與「お帰り　なさい」一起使用。

常用句 3

お帰り　なさい。 [你回來了。]
Okaeri　　nasai.

知識庫

與「ただいま」一起使用。歡迎家人回來時使用。

常用句 4

大変（たいへん）ですね。［好辛苦喔。］

Taihen-desune.

知識庫

當對方遇到困難或辛苦、痛苦的事情時，表示同情時使用。

常用句 5

お休（やす）み　なさい。［晚安。］

Oyasumi　nasai.

知識庫

用於上床休息前，以及晚上向人道別時使用。也可簡單說「お休（やす）み」。

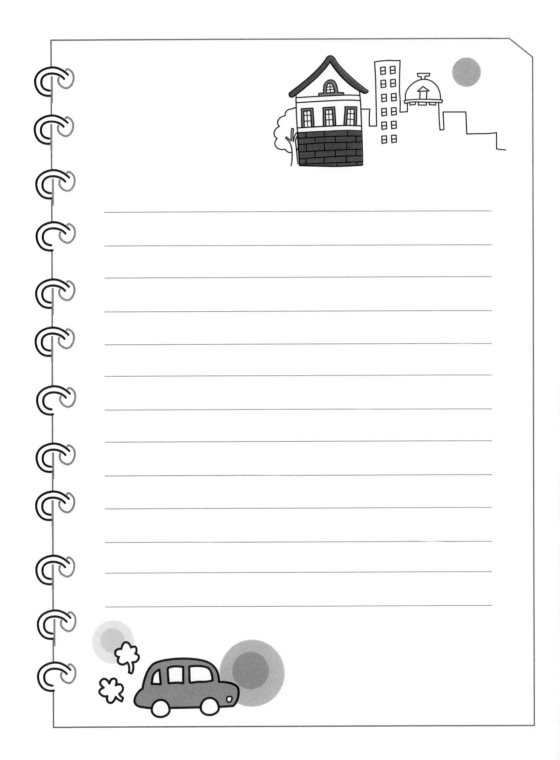

第三章 點餐購物

- 表達所需　享受生活 -

3.1 選擇種類

▶ 在商店點餐，選擇種類並追加餐點。

3-1

示範會話

店員：いらっしゃいませ。1
Irassyaimase.
歡迎光臨。

劉：コーヒーを　ください。A
Kǒhī-o　kudasai.
請給我咖啡。

店員：ホットですか、アイスですか。B
Hotto-desuka,　aisu-desuka?
熱的？還是冰的？

劉：え…、ホットです。
E…,　hotto-desu.
嗯…，熱的。

それから、ケーキも　ください。Ⓒ Sorekara, kěki-mo kudasai.	再給我一個蛋糕。
店員：はい、ホットコーヒーと　ケーキですね。 Hai, hottokŏhĭ-to kěki-desune.	好的，熱咖啡與蛋糕。
少々（しょうしょう）　お待（ま）ち　ください。2 Shŏshŏ omachi kudasai.	請稍待。

句型代換

練習A

コーヒーを　ください。
Kŏhĭ-o kudasai.
請給我咖啡。

▼請將反白字部分替代成以下語詞。

例：コーヒー
kŏhĭ
咖啡

1. ジュース
jŭsu
果汁

2. ハンバーガー
hanbăgă
漢堡

3. サンドイッチ
sandoicchi
三明治

知識庫

「ください」是動詞，有 [請給我] 的意思，放在內容物（名詞）及「を」之後。「を」是表示動作對象所用的助詞。句型爲「N（內容物）をください」。

練習Ⓑ

A：ホットですか、アイスですか。
Hotto-desuka, aisu-desuka?
熱的？還是冰的？

B：ホットです。
Hotto-desu.
熱的。

▼請將反白字部分替代成以下語詞。

例：ホット・アイス／ホット
hotto aisu hotto
熱的・冰的／熱的

1. オレンジ・りんご／りんご
orenji ringo ringo
橘子・蘋果／蘋果

2. ビーフバーガー・チキンバーガー／ビーフバーガー
bĭfubăgă chikinbăgă bĭfubăgă
牛肉堡・雞肉堡／牛肉堡

3. 野菜(やさい)サンド・ハムサンド／ハムサンド
yasaisando hamusando hamusando
蔬菜三明治・火腿三明治／火腿三明治

知識庫

「～ですか」的疑問句，變成「～ですか、～ですか」，則是二者選一的疑問句，當然也可提供多項選擇的疑問句。例如：

A：木村(きむら)さんは 会社員(かいしゃいん)ですか、公務員(こうむいん)ですか、銀行員(ぎんこういん)ですか。
Kimura-san-wa kaisyain-desuka, kŏmuin-desuka, ginkŏin-desuka?
［木村小姐是公司職員，或公務員，還是銀行員？］

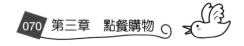

B：会社員（かいしゃいん）です。［公司職員。］
Kaisyain-desu.

回答時，原則上從選項擇一作答，不需回答「はい、いいえ」。

練習Ⓒ

それから、ケーキも　ください。
Sorekara, kěki-mo kudasai.

再給我一個蛋糕。

▼請將反白字部分替代成以下語詞。

例：ケーキ
kěki
蛋糕

1. パン
pan
麵包

2. コーラ
kŏra
可樂

3. ビール
bĭru
啤酒

知識庫

「それから」是接續詞，在此是追加點餐時，［還有］的意思。助詞「も」，在此相當於中文［也］的意思。如前面1-4介紹，使用「も」，必須有相同敘述內容的前句作爲前提才可使用。例如：

コーヒーを　ください。ケーキも　ください。
Kŏhĭ-o kudasai. Kěki-mo kudasai.

マリアさんは　学生（がくせい）です。ジョンさんも　学生（がくせい）です。
Maria-san-wa gakusě-desu. Jon-san-mo gakusě-desu.

常用句 1

いらっしゃいませ。［歡迎光臨。］
Irassyaimase.

知識庫

店家招呼客人時使用的慣用句，表示歡迎之意。

常用句 2

少々（しょうしょう） お待（ま）ち ください。［請稍待。］
Shŏshŏ omachi kudasai.

知識庫

「少々（しょうしょう）」是［稍許］，「お待（ま）ち ください」是請人等待的意思。與前章 2-1 所提的「ちょっと 待（ま）って ください。［請等一下］」意思相同，但屬於更有禮貌的敬語用法。經常使用在商業行爲或正式場合。
chotto matte kudasai

3.2 詢價購買

▶ 在商店，向店員詢價並決定購買。

3-2

示範會話

劉：すみません。[1] Sumimasen.	不好意思。
店員：はい。 Hai.	是！
劉：それを　ください。Ⓐ Sore-o　kudasai.	請給我那個。
店員：これですか。 Kore-desuka?	是這個嗎？

劉：はい。いくらですか。B
Hai. Ikura-desuka?
是的。多少錢？

店員：百八十円（ひゃくはちじゅうえん）です。
Hyakuhachijŭen-desu.
180 日元。

劉：はい、百八十円（ひゃくはちじゅうえん）。
Hai, hyakuhachijŭen.
好，給您 180 日元。

店員：ありがとう　ございました。2
Arigatŏ gozaimashita.
謝謝光臨。

句型代換

練習Ⓐ

A：それを　ください。 請給我那個。
Sore-o　kudasai.

B：これですか。 是這個嗎？
Kore-desuka?

A：はい。 是的。
Hai.

▼請將反白字部分替代成以下語詞。

例：それ／これ （近對方的）那個／（近己方的）這個
sore　kore

1. これ／それ （近己方的）這個／（近對方的）那個
kore　sore

2. あれ／あれ （在遠方的）那個／（在遠方的）那一個
are　are

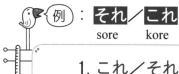

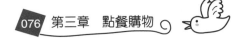

知識庫

指定事物的指示代名詞的「これ、それ、あれ」，不同於中文的［這個，那個］，必須了解所指的事物，在說話者與對談者所屬範圍的位置。

「これ」：在說話者範圍之內的事物。

「それ」：在說話者範圍之外，屬於對談者範圍之內的事物。

「あれ」：不在說話者與對談者之內的範圍。

除「これ、それ、あれ」外，還有以「こ～、そ～、あ～」爲字首的代名詞用法，會在後文陸續介紹。

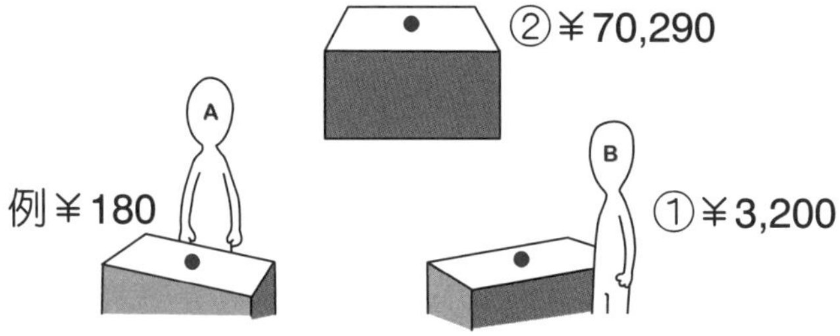

練習B

A：これは　いくらですか。　　這個多少錢？
Kore-wa　ikura-desuka?

B：百八十円（ひゃくはちじゅうえん）です。　　180日元。
Hyakuhachijŭen-desu.

▼請將反白字部分替代成以下語詞。

例：これ／百八十円（ひゃくはちじゅうえん）　　這個／180日
kore　hyakuhachijŭen

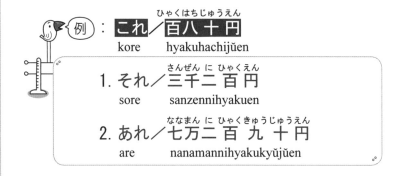

1. それ／三千二百円（さんぜん に ひゃくえん）　　那個／3200日元
sore　sanzennihyakuen

2. あれ／七万二百九十円（ななまん に ひゃくきゅうじゅうえん）　　（遠方）那個／70,290日元
are　nanamannihyakukyŭjŭen

知識庫

1.「いくら」是疑問詞，[多少錢] 的意思。詢問價錢時，說「～は　いくらですか」即可。日幣單位「￥」唸作「円（えん）」。

2. 日文的數字與中文的唸法大致相同，但日文的數字若該位數無數目時則跳過。如代換句中的 [70,290]，須唸作「ななまん　にひゃく　きゅうじゅう」。

數字與位數「十（じゅう）、百（ひゃく）、千（せん）、万（まん）」的唸法，列表如下：
jŭ　hyaku　sen　man

10 じゅう jŭ	11 じゅういち jŭichi
20 にじゅう nijŭ	22 にじゅうに nijŭni
30 さんじゅう sanjŭ	33 さんじゅうさん sanjŭsan
40 よんじゅう yonjŭ	44 よんじゅうよん yonjŭyon
50 ごじゅう gojŭ	55 ごじゅうご gojŭgo
60 ろくしゅう rokujŭ	66 ろくじゅうろく rokujŭroku
70 ななじゅう nanajŭ	77 ななじゅうなな nanajŭnana
80 はちじゅう hachijŭ	88 はちじゅうはち hachijŭhachi
90 きゅうじゅう kyŭjŭ	99 きゅうじゅうきゅう kyŭjŭkyŭ
100 ひゃく hyaku	1,000 せん sen
200 にひゃく nihyaku	2,000 にせん nisen
300 さんびゃく sanbyaku	3,000 さんぜん sanzen
400 よんひゃく yonhyaku	4,000 よんせん yonsen
500 ごひゃく gohyaku	5,000 ごせん gosen
600 ろっぴゃく roppyaku	6,000 ろくせん rokusen
700 ななひゃく nanahyaku	7,000 ななせん nanasen
800 はっぴゃく happyaku	8,000 はっせん hassen
900 きゅうひゃく kyŭhyaku	9,000 きゅうせん kyŭsen
10,000 いちまん ichiman	60,000 ろくまん rokuman
20,000 にまん niman	70,000 ななまん nanaman
30,000 さんまん sanman	80,000 はちまん hachiman
40,000 よんまん yonman	90,000 きゅうまん kyŭman
50,000 ごまん goman	

常用句 1

すみませんｓ。［不好意思。］
Sumimasen.

知識庫

「すみません」除了有道歉的意思。在呼喚人想引起對方注意時，也可使用。在此場景是呼喚店員來進行點餐。

常用句 2

ありがとう　ございました。［謝謝光臨。］
Arigatō gozaimashita.

知識庫

「～ました」是動詞的過去式，此句是「ありがとう　ございます」的過去式。已完成交易時，店家以此句感謝客人的光顧。

3.3 逛街購物

▶ 在電器行，欣賞商品並詢問價格。

3-3

示範會話

劉：すみません。あれを　見(み)せて　ください。Ⓐ Sumimasen.　Are-o　misete　kudasai.	不好意思，請給我看那個。
店員：どれですか。 Dore-desuka?	哪一個？
劉：あの　テレビです。Ⓑ Ano　terebi-desu.	那台電視。
店員：（交給對方）はい、どうぞ。1 Hai,　dǒzo.	好，給您。
劉：この　テレビは　いくらですか。 Kono　terebi-wa　ikura-desuka?	這台電視要多少錢？

店員：	じゅうに まん さん ぜんえん １２万３千円です。 Jŭnimansanzenen-desu.	123,000日元。
劉：	そうですか。どうも　ありがとう。2 Sŏ-desuka.　Dŏmo　arigatŏ.	我知道了。謝謝你。

句型代換

練習A

あれを　見(み)せて　ください。　請給我看那個。

Are-o　misete　kudasai.

▼請將反白字部分替代成以下語詞。

例：**あれ**　are　（在遠方的）那個

1. それ　sore　（近對方的）那個
2. メニュー　menyŭ　菜單
3. 地図(ちず)　chizu　地圖

知識庫

「見(み)せて　ください」是［請借我看］的意思，動詞「見(み)せて」［看］之前，可以接要看的內容物及表示動作對象的助詞「を」。即，「N（內容物）を見(み)せて　ください」。

練習Ⓑ

A：**あれ**を　見(み)せて　ください。
Are-o　misete　kudasai.
請給我看（在遠方的）那個。

B：どれですか。
Dore-desuka?
哪一個？

A：**あの　テレビ**です。
Ano　terebi-desu.
（在遠方的）那台相機。

▼請將反白字部分替代成以下語詞。

例：**あれ**／**あの　テレビ**
are　ano　terebi
（在遠方的）那個／（在遠方的）台電視

1. それ／その　パソコン
sore　sono　pasokon
（近對方的）那個／（近對方的）那台電腦

2. これ／この　カメラ
kore　kono　kamera
（近己方的）這個／（近己方的）這台相機

知識庫

接續前節3-2的指示代名詞「これ、それ、あれ」，「どれ」是不確定事物所在位置的疑問詞，相當中文 [哪個] 的意思。而「これ、それ、あれ」之後要接其他名詞時，必須變成「このN、そのN、あのN」，更有具體指稱對象的作用。

これ [這個]　→　この　カメラ [這台相機]
kore　kono　kamera

それ [那個]　→　その　パソコン [那台電腦]
sore　sono　pasokon

あれ [那個]　→　あの　テレビ [那台電視]
are　ano　terebi

常用句 1

はい、どうぞ。［好，給您。］
Hai, dŏzo.

知識庫

把東西交給對方時，會邊做動作邊說「はい」。「どうぞ」則表示客氣，請對方接收的意思。

常用句 2

そうですか↘。どうも　ありがとう。［我知道了。謝謝你。］
Sŏdesuka. Dŏmo arigatŏ.

知識庫

在前章 1-5 談到句尾語調下降的「そうですか」，表示給予對方訊息時的回應方式。當決定不買時，也可以使用這句，之後再釋出謝意即可。

3.4 選購物品

▶ 在百貨公司，選購適合的商品。

3-4

示範會話

劉：すみません。それを　見(み)せて　ください。
Sumimasen.　Sore-o　misete　kudasai.
不好意思。請給我看那個。

店員：この　白(しろ)い　靴(くつ)ですか。A
Kono　shiroi　kutsu-desuka?
是這雙白色的鞋子嗎？

劉：いいえ、その　黒(くろ)いのです。
Ĭe,　sono　kuroi-no-desu.
不是，是那雙黑色的。

店員：［交給對方］はい、どうぞ。
Hai,　Dŏzo.
好，給您。

劉：これは　どこの　靴（くつ）ですか。Ⓑ
Kore-wa　doko-no　kutsu-desuka?

這是哪裡的鞋子呢？

店員：日本（にほん）のです。
Nihon-no-desu.

日本的。

劉：じゃ、これを　ください。
Ja,　kore-o　kudasai.

那麼，請給我這個。

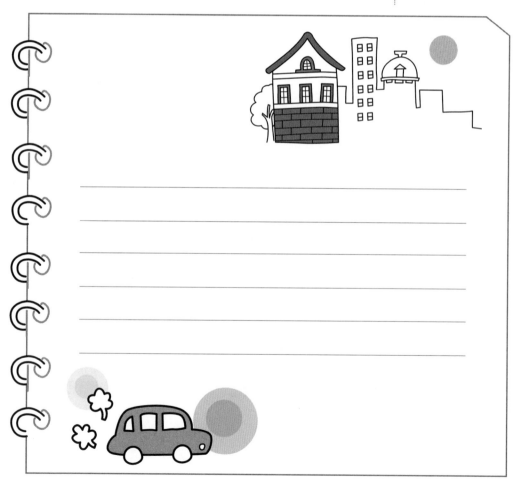

句型代換

練習A

A：この　白(しろ)い　靴(くつ)ですか。
Kono　shiroi　kutsu-desuka?

是這雙白色的鞋子嗎？

B：いいえ、その　黒(くろ)いのです。
Ǐe,　sono　kuroi-no-desu.

不是，是那雙黑色的。

▼請將反白字部分替代成以下語詞。

例：白(しろ)い・靴(くつ)／黒(くろ)い
shiroi　kutsu　kuroi

白色的・鞋子／黑色的

1. 青(あお)い・T(ティー)シャツ／赤(あか)い
aoi　tǐsyatsu　akai

藍色的・T恤／紅色的

2. 大(おお)きい・かばん／小(ちい)さい
ǒkǐ　kaban　chǐsai

大的・包包／小的

3. 長(なが)い・ズボン／短(みじか)い
nagai　zubon　mijikai

長的・褲子／短的

知識庫

1. 在此出現的「白(しろ)い、黒(くろ)い、青(あお)い、赤(あか)い、大(おお)きい、小(ちい)さい、長(なが)い、短(みじか)い」爲形容詞，因字尾爲「い」在文法上稱爲「い形容詞」。此類的形容詞可直接加名詞。例如，白(しろ)い　靴(くつ)［白色鞋子］，青(あお)いT(ティー)シャツ［藍色T恤］，大(おお)きいかばん［大的包包］。

其他類的形容詞用法，在後章說明。

2.「い形容詞＋の」的「の」，是代替名詞使用的同位語。例句中的「黒(くろ)いの」，由前句可判知即是「黒(くろ)い 靴(くつ)」的意思。

練習Ⓑ

A：これは　どこの　靴(くつ)ですか。

Kore-wa　doko-no　kutsu-desuka?

這是哪裡的鞋子呢？

B：日本(にほん)のです。

Nihon-no-desu.

日本的。

▼請將反白字部分替代成以下語詞。

例：靴(ぐつ)／日本(にほん)

kutsu　nihon

鞋子・日本

1. Ｔ(ティー)シャツ／オーストラリア

   tĭsyatsu　ŏsutoraria

   Ｔ恤／澳洲

2. かばん／イタリア

   kaban　itaria

   包包／義大利

3. ズボン／カナダ

   zubon　kanada

   褲子／加拿大

知識庫

1. 「どこ」爲詢問有關地點的疑問詞，相當中文［哪裡］的意思。

   「これは　どこの　靴(くつ)ですか。」

   除詢問商品產地外，也可解讀爲詢問品牌的意思。

2. 回答句中的「日本(にほん)の」，即「名詞＋の」的「の」，如前句練習Ⓐ說明，同爲代替名詞的同位語。

3.5 好友聚餐

▶ 在餐廳，和朋友看著菜單決定餐點。

3-5

示範會話

ジョン：飲(の)み物(もの)は　何(なに)が　いいですか。Ⓐ Nomimono-wa　nani-ga　ĭ-desuka?	要喝什麼飲料？
劉：ん～、ビールが　いいです。 N…,　bĭru-ga　ĭ-desu.	嗯～，啤酒。
ジョン：すき焼(や)きが　いいですか、しゃぶしゃぶが　いいですか。Ⓑ Sukiyaki-ga　ĭ-desuka,　syabusyabu-ga　ĭ-desuka?	餐點要吃壽喜燒，還是涮涮鍋？

說話者	日文	中文
劉：	あ、これは　何(なん)の　肉(にく)ですか。Ⓒ A,　kore-wa　nan-no　niku-desuka?	啊，這是什麼肉？
ジョン：	豚肉(ぶたにく)です。 Butaniku-desu.	是豬肉。
劉：	じゃ、すき焼(や)きが　いいです。 Ja,　sukiyaki-ga　ī-desu.	那麼，我要壽喜燒。
ジョン：	すみません、注文(ちゅうもん)を　お願(ねが)い　します。[1] Sumimasen,　chŭmon-o　onegai　shimasu.	不好意思，請幫我點餐。
店員：	はい。 Hai.	好的。
ジョン：	すき焼(や)きと　ビールを　お願(ねが)い　します。[2] Sukiyaki-to　bĭru-o　onegai　shimasu.	請給我壽喜燒和啤酒。
店員：	はい、わかりました。[3] Hai,　wakarimashita.	好的，我知道了。

句型代換

練習A

A：飲(の)み物(もの)は　何(なに)が　いいですか。　要喝什麼飲料？
Nomimono-wa　nani-ga　ĭ-desuka?

B：ビールが　いいです。　啤酒。
Bĭru-ga　ĭ-desu.

▼請將反白字部分替代成以下語詞。

例：飲(の)み物(もの)／ビール　飲品／啤酒
nomimono　bĭru

1. デザート／プリン　甜點／布丁
dezăto　purin

2. 料(りょう)理(り)／和(わ)食(しょく)　餐點／日本料理
ryŏri　washoku

3. プレゼント／花束(はなたば)　禮物／花束
purezento　hanataba

知識庫

1. 「いい」是い形容詞，字面上的意思是［好的］，在此是指比較後做出選擇的意思。「何(なに)が　いいですか。」即是詢問人要做什麼選擇。
回答句的「ビールがいいです。」，則表示［比起其他，啤酒比較好］的意思。

2. 疑問詞「何」［什麼］，有「なん」nan「なに」nani兩種唸法。基本上，「何」之後接數詞或子音[t][d][n]時，唸作「なん」，其他則唸作「なに」。

練習Ⓑ

すき焼(や)きが　いいですか、しゃぶしゃぶが　いいですか。
Sukiyaki-ga　ĭ-desuka,　syabusyabu-ga　ĭ-desuka?

要吃壽喜燒，還是涮涮鍋？

▼請將反白字部分替代成以下語詞。

例：すき焼(や)き・しゃぶしゃぶ
sukiyaki　syabusyabu
壽喜燒・涮涮鍋

1. 和食(わしょく)・洋食(ようしょく)
washoku　yŏshoku
日本料理・外國料理

2. 肉料理(にくりょうり)・魚料理(さかなりょうり)
nikuryŏri　sakanaryŏri
肉料理・魚料理

3. ワイン・ウイスキー
wain　uisukĭ
紅酒・威士

知識庫

此句型爲兩者之中選擇其一的選擇式問句。句中只須代換選項的內容，後面的部分「～が　いいですか」則重覆使用。選擇式問句可參考前節3.1練習Ⓑ。

練習 C

A：これは　何(なん)の　**肉(にく)**ですか。
Kore-wa　nan-no　niku-desuka?

這是什麼肉？

B：**豚肉(ぶたにく)**です。
Butaniku-desu.

是豬肉。

▼請將反白字部分替代成以下語詞。

例：**肉(にく)**／**豚肉(ぶたにく)**
niku　butaniku

肉／豬肉

1. 魚(さかな)／さんま
sakana　sanma

魚／秋刀魚

2. 雑誌(ざっし)／ファッションの　雑誌(ざっし)
zasshi　fasshon-no　zasshi

雜誌／時尚雜誌

3. 本(ほん)／教科書(きょうかしょ)
hon　kyŏkasho

書／教科書

知識庫

「何(なん)の＋N」是詢問有關此事物（名詞）的屬性、性質。相當中文［什麼樣的～］。

常用句 1

注文(ちゅうもん)を　お願(ねが)い　します。［請幫我點餐。］

Chŭmon-o　onegai　shimasu.

知識庫

「注文(ちゅうもん)」是［點餐］的意思。請店家來點餐時，可使用此句。

常用句 2

すき焼(や)きと　ビールを　お願(ねが)い　します。

Sukiyaki-to　bĭru-o　onegai　shimasu.

［請給我壽喜燒和啤酒。］

知識庫

點餐時，除了前節（3-1）學過的「～を　ください」，也可以用「～をお願(ねが)いします」，感覺更為禮貌。

常用句 3

わかりました。［我知道了。］

Wakarimashita.

知識庫

得到答案或理解時使用，表示［了解，明白］的意思。

3.6 計價付款

▶ 在商店購買各種商品的計價與付款。

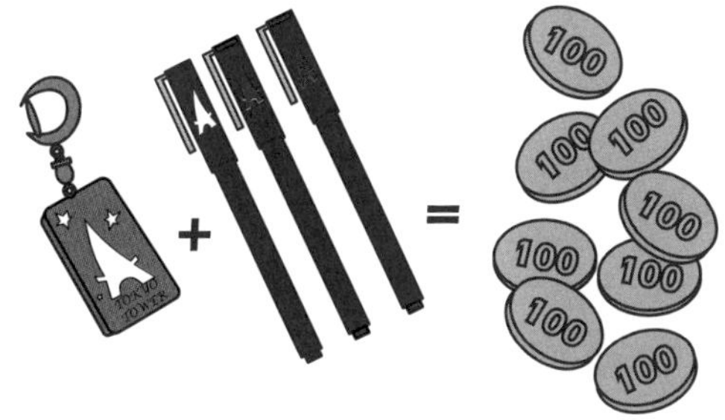

3-6

示範會話

劉：すみません。この　キーホルダーは
Sumimasen. Kono kĭhorudă-wa
いくらですか。Ⓐ
ikura-desuka?

不好意思，這個鑰匙圈多少？

店員：一(ひと)つ　三百円(さんびゃくえん)す。
Hitotsu sanbyakuen-desu.

一個 300 日元。

劉：この　ボールペンは？
Kono bŏrupen-wa?

這支原子筆呢？

店員：ボールペンは　三本(さんぼん)で
Bŏrupen-wa sanbon-de
五百円(ごひゃくえん)です。Ⓑ
gohyakuen-desu.

原子筆三支 500 日元。

劉：じゃ、キーホルダーを　一(ひと)つと
Ja, kīhorudă-o hitotsu-to
ボールペンを　三本(さんぼん)　ください。CD
bŏrupen-o sanbon kudasai.

那麼，我要一個鑰匙圈與三支原子筆。

店員：全部(ぜんぶ)で　八百円(はっぴゃくえん)です。1
Zenbu-de happyakuen-desu.

全部 800 日元。

劉：千円(せんえん)で　お願(ねが)い　します。2
Senen-de onegai shimasu.

給你 1000 日元。

店員：二百円(にひゃくえん)の　お返(かえ)しです。3
Nihyakuen-no okaeshi-desu.

找您 200 日元。

ありがとう　ございました。
Arigatŏ gozaimashita.

謝謝光臨。

句型代換

練習A

A：この　キーホルダーは　いくらですか。
Kono　kĭhorudă-wa　ikura-desuka?
這本個鑰匙圈多少？

B：一つ（ひと）　三百円（さんびゃくえん）です。
Hitotsu　sanbyakuen-desu.
一個300日元。

▼請將反白字部分替代成以下語詞。

例：キーホルダー／一つ（ひと）
kĭhorudă　hitotsu
鑰匙圈／一個

1. 切手（きって）／一枚（いちまい）
kitte　ichimai
郵票／一張

2. 雑誌（ざっし）／一冊（いっさつ）
zasshi　issatsu
雜誌／一本

3. 鉛筆（えんぴつ）／一本（いっぽん）
enpitsu　ippon
鉛筆／一支

知識庫

「ひとつ、ふたつ、みっつ……」是日本固有的數量詞，可用來數算物品，點餐時亦可用來指餐點的份數。除此之外，也有配合各種形狀等性質，使用的單位數量詞。

「枚（まい）」用於薄而平坦的東西，如紙張、郵票、CD等。「冊（さつ）」用於書籍方面的東西。「本（ほん、ぽん、ぼん）」則是用在長而細的東西，例如鉛筆、瓶子等物品。其數字與數量詞的讀法，列表如下。

疑問詞	いくつ ikutsu	何枚（なんまい） nanmai	何冊（なんさつ） nansatsu	何本（なんぼん） nanbon
1	ひとつ hitotsu	いちまい ichimai	いっさつ issatsu	いっぽん ippon
2	ふたつ futatsu	にまい nimai	にさつ nisatsu	にほん nihon
3	みっつ mittsu	さんまい sanmai	さんさつ sansatsu	さんぼん sanbon
4	よっつ yottsu	よんまい yonmai	よんさつ yonsatsu	よんほん yonhon
5	いつつ itsutsu	ごまい gomai	ごさつ gosatsu	ごほん gohon
6	むっつ muttsu	ろくまい rokumai	ろくさつ rokusatsu	ろっぽん roppon
7	ななつ nanatsu	ななまい nanamai	ななさつ nanasatsu	ななほん nanahon
8	やっつ yattsu	はちまい hachimai	はっさつ hassatsu	はっぽん happon
9	ここのつ kokonotsu	きゅうまい kyŭmai	きゅうさつ kyŭsatsu	きゅうほん kyŭhon
10	とお tŏ	じゅうまい jŭmai	じゅっさつ jussatsu	じゅっぽん juppon

練習Ⓑ

ボールペンは　**三本**(さんぼん)で　五百円(ごひゃくえん)です。

Bŏrupen-wa　sanbon-de　gohyakuen-desu.

原子筆三支 500 日元。

▼請將反白字部分替代成以下語詞。

例：**ボールペン**・**三本**(さんぼん)

bŏrupen　sanbon

原子筆・三支

1. ノート・二冊(にさつ)

   nŏto　nisatsu

   筆記本・兩本

2. はがき・四枚(よんまい)

   hagaki　yonmai

   明信片・四張

3. 消(け)しゴム・五(いつ)つ

   keshigomu　itsutsu

   橡皮擦・五個

知識庫

助詞「で」可表示方法、手段，在此是［以～來計算］的意思。如例句中的「三本(さんぼん)で500円(えん)です」，表示［以三支計算爲500日元］的意思。

練習Ⓒ

ボールペンを 三本(さんぼん) ください。

Bŏrupen-o sanbon kudasai.

給我三支原子筆。

▼請將反白字部分替代成以下語詞。

例：ボールペン・三本(さんぼん)

bŏrupen sanbon

原子筆・三支

1. ノート・二冊(にさつ)

   nŏto nisatsu

   筆記本・兩本

2. はがき・四枚(よんまい)

   hagaki yonmai

   明信片・四張

3. 消(け)しゴム・五(いつ)つ

   keshigomu itsutsu

   橡皮擦・五個

知識庫

多數量的東西，中文的說法是［三支原子筆］，在日文數量詞「三本(さんぼん)」則放在內容品項「ボールペン」與助詞「を」之後，即變成「ボールペンを 三本(さんぼん) ください」。請注意順序。

練習D

キーホルダーを　一つ(ひと)と　ボールペンを
Kĭhorudă-o　hitotsu-to　bŏrupen-o

三本(さんぼん)　ください。
sanbon　kudasai.

請給我一個鑰匙圈與三支原子筆。

▼請將反白字部分替代成以下語詞。

例：キーホルダー・一つ(ひと)・ボールペン・三本(さんぼん)
kĭhorudă　hitotsu　bŏrupen　sanbon

鑰匙圈・一個・原子筆・三支

1. 切手(きって)・一枚(いちまい)・ノート・二冊(にさつ)
kitte　ichimai　nŏto　nisatsu

郵票・一張・筆記本・兩本

2. 雑誌(ざっし)・一冊(いっさつ)・はがき・四枚(よんまい)
zasshi　issatsu　hagaki　yonmai

雜誌・一本・明信片 四張

3. 鉛筆(えんぴつ)・一本(いっぽん)・消(け)しゴム・五(いつ)つ
enpitsu　ippon　keshigomu　itsutsu

鉛筆・一支・橡皮擦・五個

知識庫

多樣多數量說法，可用助詞「と」來連接兩個句子，並可省略前句的「ください」。有時，在口語會話中「を」以及「ください」也會被省略，更簡化成「キーホルダー　一つ(ひと)、ボールペン　三本(さんぼん)」。

常用句1

全部（ぜんぶ）で　[金額] です。 [全部 [金額] 。]

Zenbu-de　desu.

知識庫

助詞「で」表示方法、手段，「全部で」字面上是[以全部來算]的意思。

常用句2

[金額] で　お願（ねが）い　します。 [給你 [金額] 。]

de　onegai　shimasu.

知識庫

意指要用多少錢來付款。示範會話中的「千円（せんえん）でお願（おね）いします」表示要用面額一千元的紙鈔付款。如果要用刷卡的方式付款，可以說「カードで　お願（ねが）い　します」。

kădo-de　onegai　shimasa

常用句3

[金額] の　お返（かえ）しです。 [找您 [金額] 。]

no　okaeshi-desu.

知識庫

「お返（かえ）し」是指商店找給顧客的錢。

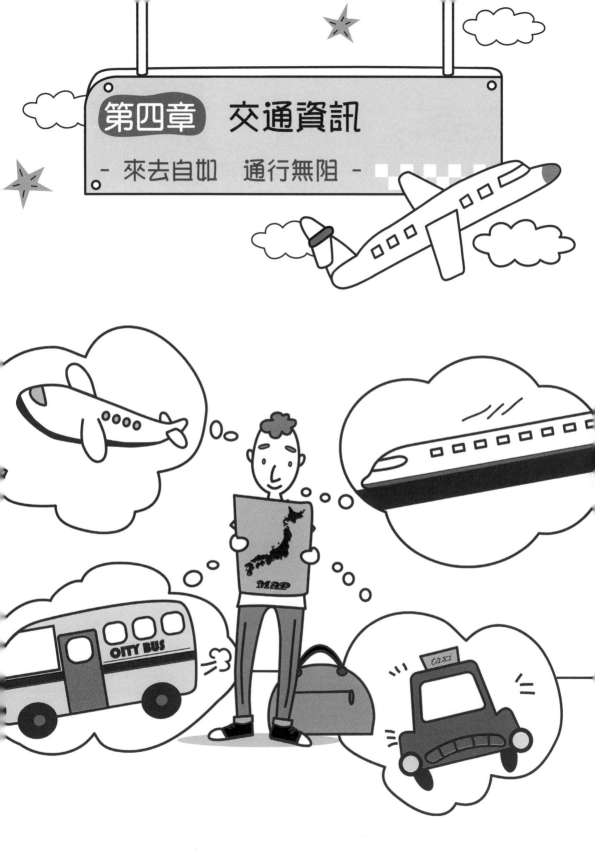

第四章 交通資訊

\- 來去自如　通行無阻 -

4.1 問路 1

▶ 在車站，詢問週邊環境的資訊。

4-1

示範會話

劉：あのう、すみません。[1]

Anŏ,　sumimasen.

請問一下。

バス乗（の）り場（ば）は　どちらでしょうか。Ⓐ

Basu-noriba-wa　dochira-deshŏka?

公車乘車處在哪裡呢？

女の人：ああ、バス乗（の）り場（ば）は　東京駅（とうきょうえき）の東口（ひがしぐち）です。Ⓑ

Ă,　basu-noriba-wa　tŏkyŏeki-no higashiguchi-desu.

啊，公車乘車處在東京車站的東側出口。

ほら［指向遠方］、あちらです。[2]

Hora,　achira-desu.

你看，那邊。

劉：東口（ひがしぐち）ですね。どうも　すみません。3

Higashi-desune.　Dǒmo　sumimasen.

在東側出口嗎。非常不好意思。

女の人：いいえ。

Ǐe.

不會。

句型代換

練習Ⓐ

A：バス乗り場は　どちらでしょうか。↘
Basu-noriba-wa　dochira-deshŏka?
公車乘車處在哪裡呢？

B：あちらです。
Achira-desu.
（在遠方的）那邊。

▼請將反白字部分替代成以下語詞。

例：バス乗り場／あちら
basu-noriba　achira
公車乘車處／（在遠方的）那邊

1. タクシー乗り場／こちら
takushī-noriba　kochira
計程車招呼站／（近己方的）這邊

2. 銀行／そちら
ginkŏ　sochira
銀行／（近對方的）那邊

3. 郵便局／あちら
yŭbinkyoku　achira
郵局／（在遠方的）那邊

知識庫

1.「こちら、そちら、あちら、どちら」是指示方向的代名詞。

「こちら」：在說話者這邊的方向。之前（1-2）曾出現，回應對方自我介紹的「こちらこそ～」，以及介紹朋友給別人的「こちらは～」，均屬此列。
kochirakoso

「そちら」：屬於對談者那邊的方向。

「あちら」：不屬於說話者與對談者的遠方。

「どちら」：不知道什麼方向，詢問方向的疑問詞。

2. 問句的句尾「～でしょうか↘」，與「～ですか↗」一樣是問句，但「でしょう」屬推測的語氣，語調又下降，感覺更爲委婉。

練習Ⓑ

バス乗り場は　東京駅の　東口です。（のば／とうきょうえき／ひがしぐち）
Basu-noriba-wa　tŏkyŏeki-no　higashiguchi-desu.

公車站在東京車站的東側出口。

▼請將反白字部分替代成以下語詞。

例：バス乗り場・東口（のば／ひがしぐち）
basu-noriba　higashiguchi
公車站・東側出口

1. タクシー乗り場・西口（のば／にしぐち）
takushĭ-noriba　nishiguchi
計程車招呼站・西側出口

2. 銀行・北口（ぎんこう／きたぐち）
ginkŏ　kitaguchi
銀行・北側出口

3. 郵便局・南口（ゆうびんきょく／みなみぐち）
yŭbinkyoku　minamiguchi
郵局・南側出口

知識庫

「北口（きたぐち）、東口（ひがしぐち）、南口（みなみぐち）、西口（にしぐち）」是車站出口的名稱。「乗り場（のば）」是指搭乘交通工具的地方，有「タクシー乗り場（のば）［計程車招呼站］」「バス乗り場（のば）［公車乘車處］」等用法。

常用句 1

あのう、すみません。［請問一下。］
Anŏ,　　　sumimasen.

知識庫

「あのう」是感嘆語，通常可用在呼喚別人或一時語塞的時候使用。相當中文的［哪個…］。這裡「すみません」的用法，也同樣是在呼喚別人。

常用句 2

ほら。［你看。］
Hora.

知識庫

「ほら」是請人注意或看的感嘆語，相當中文的［你看］。

常用句 3

どうも　すみません。［非常不好意思。］
Dŏmo　　　sumimasen.

知識庫

「すみません」除了有前文呼喚別人與表示道歉的用法外，感到不好意思時，也可以使用。在此也含有些許向人道謝的意味。所以，當接收別人送禮時，想表示［讓您破費，眞不好意思］時，也可以用這句話回應。

4.2 問路 2

▶ 在百貨公司，詢問樓層與商品地點。

4-2

示範會話

（在櫃台）

劉：すみません。電器売場（でんきうりば）は何階（なんがい）ですか？Ⓐ Sumimasen. Denki-uriba-wa nangai-desuka?	不好意思，電器賣場在幾樓？
店員：四階（よんかい）で　ございます。 Yonkai-de gozaimasu.	在四樓。
劉：どうも　ありがとう。 Dŏmo arigatŏ.	謝謝。

[四樓]

店員：いらっしゃいませ。1 Irassyaimase.	歡迎光臨。
劉：あのう、電子辞書（でんしじしょ）は　どこですか。B Anǒ, denshijisho-wa doko-desuka?	嗯，請問電子辭典在哪裡？
店員：電子辞書（でんしじしょ）ですか。あそこですよ。 Denshijisho-desuka? Asoko-desuyo.	是電子辭典嗎？在那裡呀。
劉：そうですか。ありがとう　ございます。 Sǒ-desuka. Arigatǒ gozaimasu.	喔，謝謝你。

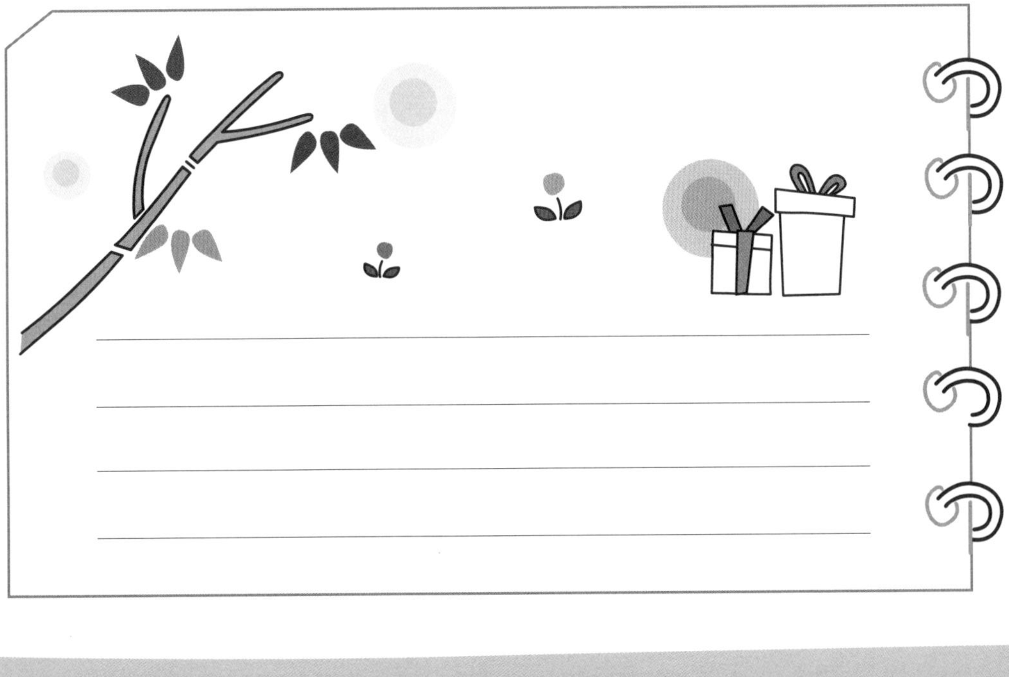

句型代換

練習A

A：電器売場(でんきうりば)は　何階(なんがい)ですか。
Denki-uriba-wa　nangai-desuka?

電器賣場在幾樓？

B：四階(よんかい)で　ございます。
Yonkai-de　gozaimasu.

四樓。

▼請將反白字部分替代成以下語詞。

例：電器売場(でんきうりば)・四階(よんかい)
denki-uriba　yonkai

電器賣場・四樓

1. 百円(ひゃくえん)ショップ・三階(さんかい)
hyakuen-shoppu　sankai

百圓商店・三樓

2. 靴売場(くつうりば)・二階(にかい)
kutsu-uriba　nikai

鞋子賣場・二樓

3. スーパー・地下一階(ちかいっかい)
sŭpă　chika-ikkai

超商・地下一樓

知識庫

1. 「売場(うりば)」是指在大型購物中心販賣物品的商場，販賣電器用品的地方是「電器売場(でんきうりば)」鞋子的地方是「靴売場(くつうりば)」。一般商店則會用「～屋(や)」，如「電気屋(でんきや)［電器行］、靴屋(くつや)［鞋店］」等。
2. 「～でございます」是「～です」的敬語用法。在此是店員對客人的回答，表示對客人的尊敬之意。

3. 「何階（なんがい）」是詢問樓層的疑問詞，其他各樓層說法爲

地下一階［B1］	ちかいっかい　chika-ikkai
一階［1F］	いっかい　ikkai
二階［2F］	にかい　nikai
三階［3F］	さんがい　sangai
四階［4F］	よんかい　yonkai
五階［5F］	ごかい　gokai
六階［6F］	ろっかい　rokkai
七階［7F］	ななかい　nanakai
八階［8F］	はっかい　hakkai
九階［9F］	きゅうかい　kyŭkai
十階［10F］	じゅっかい　jukkai

練習B

でんしじしょ
A：電子辞書は　どこですか。
Denshijisho-wa　doko-desuka?

請問電子辭典在哪裡？

でんしじしょ
B：電子辞書ですか。あそこですよ。
Denshijisho-desuka?　Asoko-desuyo.

是電子辭典嗎？在（遠方的）那裡呀。

▼請將反白字部分替代成以下語詞。

でんしじしょ
例：電子辞書／あそこ
denshijisho　asoko

電器賣場／（在遠方的）那裡

1. コップ／ここ
koppu　koko

杯子／（近己方的）這裡

2. スリッパ／そこ
surippa　soko

室內拖鞋／（近對方的）那裡

3. ニンジン／あそこ
ninjin　asoko

胡蘿蔔／（遠方的）那裡

知識庫

1. 「ここ、そこ、あそこ、どこ」是表示地點的指示代名詞，比方向的前一節（4-1）指示代名詞的「こちら、そちら、あちら、どちら」，指出更具體的地點。

「ここ」：在說話者這邊的地點。

「そこ」：屬於對談者那邊的地點。

「あそこ」：不屬於說話者與對談者的遠處。

「どこ」：不確定的地點，詢問地點的疑問詞。

2. 句尾的「～よ」，是當對方不知情報時，將自己所知道的資訊告訴對方，因此有告知、通知等含意，若對方已經知道的情況下，則不適合使用。

4.3 問路 3

▶ 在超市，詢問商品及擺放位置。

4-3

示範會話

劉：すみません。醬油（しょうゆ）は　ありませんか。Ⓐ

Sumimasen.　Shǒyu-wa　arimasenka?

請問，有沒有醬油呢？

店員：はい、醬油（しょうゆ）は　あの　一番上（いちばんうえ）の　棚（たな）です。Ⓑ

Hai,　shǒyu-wa　ano　ichibanue-no　tana-desu.

有，醬油在那個最上層的架子。

劉：どうも　ありがとう。

Dǒmo　arigatǒ.

謝謝。

…………

劉：すみませんが、レジは　どこに　ありますか。Ⓒ 1

Sumimasen-ga, reji-wa doko-ni arimasuka?

請問，收銀機在哪裡？

店員：この　通路（つうろ）の　前（まえ）に　あります。

Kono tsŭro-no mae-ni arimasu.

在這個走道的前面。

劉：ありがとう　ございます。

Arigatŏ gozaimasu.

謝謝你。

句型代換

練習A

しょう ゆ
醬油は　ありませんか。↗
Shǒyu-wa　arimasenka?

有沒有醬油呢？

▼請將反白字部分替代成以下語詞。

例：

しょう ゆ
醬油
shǒyu
醬油

1. こしょう
胡椒
koshǒ
胡椒

2. さとう
砂糖
satǒ
砂糖

3. しお
塩
shio
鹽巴

知識庫

動詞「あります」是一種存在表現，相當於中文［有；在］的意思。在此會話中是詢問有沒有該項商品，以否定形「ありません」作為問句，使語氣更為委婉。

練習B

醤油(しょうゆ)は　あの　一番上(いちばんうえ)の　棚(たな)です。

Shŏyu-wa　ano　ichibanue-no　tana-desu.

醬油在那個最上層的架子。

▼請將反白字部分替代成以下語詞。

例：醤油(しょうゆ)・一番上(いちばんうえ)
shŏyu　ichiban-ue
醬油・最上層

1. 胡椒(こしょう)・一番下(いちばんした)
koshŏ　ichiban-shita
胡椒・最下層

2. 砂糖(さとう)・上(うえ)から　三段目(さんだんめ)
satŏ　ue-kara　sandan-me
砂糖・上面算來第三層

3. 塩(しお)・下(した)から　二段目(にだんめ)
shio　shita-kara　nidan-me
鹽巴・下面算來第二層

知識庫

「一番(いちばん)～」表示［最～］的意思。架子的數量詞爲「～段(だん)」。「～目(め)」表示順序［第～］的意思，前面接該內容項目的數量詞，即「數量詞＋目(め)」。

練習Ⓒ

A：レジは　どこに　ありますか。 Reji-wa　doko-ni　arimasuka?	收銀機在哪裡？
B：この　通路(つうろ)の　前(まえ)に　あります。 Kono　tsŭro-no　mae-ni　arimasu.	在這條走道的前面。

▼請將反白字部分替代成以下語詞。

例：レジ／この　通路(つうろ)・前(まえ) reji　kono　tsŭro　mae	收銀機／這條走道・前面
1. トイレ／階段(かいだん)・後(うし)ろ toire　kaidan　ushiro	洗手間／樓梯・後面
2. ＡＴＭ(エーティーエム)／エレベーター・左(ひだり) ĕtĭemu　erebĕtă　hidari	ＡＴＭ／電梯・左邊
3. エスカレーター／ワイン売場(うりば)・右(みぎ) esukarĕtă　wain-uriba　migi	手扶梯／紅酒賣場・右邊

知識庫

本句型與上一句型的練習「［東西］は［地點］です」相同，皆是表示東西所在位置的說法，但「［東西］は［地點］にあります」的「～にあります」明確指出東西所在的地點位置，語意表達更完整。

常用句 1

すみませんが、……。

Sumimasen-ga, ...

知識庫

「すみません」是呼喚人使用的常用語，而「が」有引言的作用，表示後面還有話要說。

4.4 搭乘公車

▶ 在公車站，詢問發車時間及費用。

4-4

示範會話

：すみません。今(いま)、何時(なんじ)ですか。Ⓐ

Sumimasen.　Ima,　nanji-desuka?

請問一下。現在幾點。

：十二時(じゅうにじ)　四十五分(よんじゅうごふん)です。

Jŭniji　yonjŭ-gofun-desu.

12 點 45 分。

：次(つぎ)の　新宿(しんじゅく)行(ゆ)きの　バスは

Tsugi-no　shinjuku-yuki-no　basu-wa

何時(なんじ)ですか。Ⓑ

nanji-desuka?

下一班往新宿的公車是幾點？

：ええと[1]、ちょうど　一時(いちじ)です。[2]

Ĕto,　chŏdo　ichiji-desu.

嗯～，一點整。

ジョン：
かぶきちょう
歌舞伎町まで　いくらですか。Ⓒ
Kabukichŏ-made　ikura-desuka?
到歌舞伎町多少錢？

駅員：
ごひゃくななじゅうえん
五百七十円です。
Gohyaku nanajŭen-desu.
570日元。

ジョン：
（付費拿票）はい。
Hai.
（付錢）好。

駅員：
さんばん　の　ば　ま
三番の　乗り場で　待って　ください。3
Sanban-no　noriba-de　matte　kudasai.
請在三號乘車處等候。

句型代換

練習Ⓐ

A：今(いま)、何時(なんじ)ですか。 Ima, nanji-desuka?	現在幾點。
B：十二時(じゅうにじ)　四十五分(よんじゅうごふん)です。 Jŭniji yonjŭgofun-desu.	12:45。

▼請將反白字部分替代成以下語詞。

例：十二時(じゅうにじ)　四十五分(よんじゅうごふん) jŭniji yonjŭgofun	12:45
1. 三時(さんじ)　十五分(じゅうごふん) sanji jŭgofun	3:15
2. 四時(よじ)　四十分(よんじゅっぷん) yoji yonjuppun	4:40
3. 二時半(にじはん) niji-han	2:30

知識庫

「今(いま)、何時(なんじ)ですか」是詢問現在時間的問句。「～時(じ)～分(ふん)」的說法，請參考下列讀音練習。

1時	いちじ　ichiji	1分	いっぷん　ippun
2時	にじ　niji	2分	にふん　nifun
3時	さんじ　sanji	3分	さんぷん　sanpun
4時	よじ yoji	4分	よんふん　yonfun
5時	ごじ　goji	5分	ごふん　gofun
6時	ろくじ　rokuji	6分	ろっぷん　roppun
7時	しちじ　shichiji	7分	ななふん　nanafun
8時	はちじ　hachiji	8分	はっぷん　happun
9時	くじ　kuji	9分	きゅうふん　kyŭfun
10時	じゅうじ　jŭji	10分	じゅっぷん　juppun
11時	じゅういちじ jŭichiji	15分	じゅうごふん jŭgofun
12時	じゅうにじ jŭniji	30分・ 半	さんじゅっぷん sanjuppun・ はん han

練習B

つぎ　しんじゅく ゆ　　　　なん じ
次の 新宿 行きの バスは 何時ですか。

Tsugi-no shinjuku-yuki-no basu-wa nanji-desuka?

下一班往新宿的公車是幾點？

▼請將反白字部分替代成以下語詞。

例：
しんじゅく
新宿
shinjuku
新宿

1. おおさか
大阪
ōsaka
大阪

2. ふくおか
福岡
fukuoka
福岡

3. な ご や
名古屋
nagoya
名古屋

知識庫

詢問公車班次時間的問句。「次（つぎ）」是［下一個、下一班］的意思；「～行（ゆ）き」是［前往～］的意思。

練習Ⓒ

かぶきちょう
歌舞伎町 まで　いくらですか。
Kabukichŏ-made　ikura-desuka?

到歌舞伎町多少錢？

▼請將反白字部分替代成以下語詞。

例：
かぶきちょう
歌舞伎町
kabukichŏ

歌舞伎町

1. なんば
nanba

難波

はかた
2. 博多
hakata

博多

なごやだいがく
3. 名古屋大学
nagoyadaigaku

名古屋大學

知識庫

助詞「まで」有終止、結束的意思，在此相當中文的［到～為止］。這句話，也可以說成

りょうきん
「～までの　料金は　いくらですか。」
~madeno　ryŏkin-wa　ikura-desuka?
［到～的費用是多少錢？］

常用句 1

ええと［嗯…］
Ěto

知識庫

在談話中，一時語塞找不出適當表達時使用。

常用句 2

ちょうど～時（じ）です。［～點整。］
Chǒdo ji-desu.

知識庫

「ちょうど」是［正好、剛好］的意思。放在時間之前，表示整點時間。

常用句 3

［地點］で　待（ま）って　ください。［請在［地點］等候。］
de matte kudasai.

知識庫

在前章 2-1 也曾出現「待（ま）って　ください」，是請人等待的意思。在此「で」是表示動作場所的助詞，此句是說明等待的地點。

4.5 搭乘電車

▶ 在車站購票；在月台確認行駛車輛。

4-5

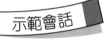

示範會話

ション：すみません、新宿(しんじゅく)までの　チケットを　二枚(にまい)　ください。Ⓐ Sumimasen, shinjŭku-madeno chiketto-o nimai kudasai.	不好意思，請給我兩張到新宿的車票。
駅員：はい、千二百三十円(せんにひゃくさんじゅうえん)です。 Hai, sen-nihyaku-sanjŭ-en-desu.	好，1,230 日元。
………	
ジョン：この　電車(でんしゃ)は　新宿(しんじゅく)へ　行(い)きますか。Ⓑ Kono densya-wa shinjŭku-e ikimasuka?	這輛電車會到新宿嗎？

男の人	：いいえ、行(い)きません。 Ĭe, ikimasen.	不，不會到。
ジョン	：どの　電車(でんしゃ)が　行(い)きますか。Ⓒ Dono densya-ga ikimasuka?	哪輛車會到呢？
男の人	：あの　赤(あか)い　電車(でんしゃ)が　行(い)きます。 Ano akai densya-ga ikimasu.	那輛紅色的電車。

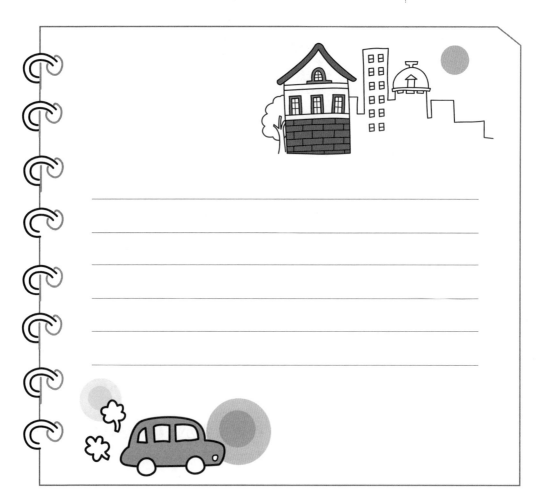

句型代換

練習Ⓐ

新宿（しんじゅく）までの　チケットを　**二枚**（にまい）　ください。

Shinjuku-madeno　chiketto-o　nimai　kudasai.

請給我兩張到新宿的車票。

▼請將反白字部分替代成以下語詞。

例：**新宿**（しんじゅく）・**二枚**（にまい）
shinjuku　nimai
新宿・兩張

1. 大阪（おおさか）・三枚（さんまい）
ŏsaka　sanmai
大阪・三張

2. 福岡（ふくおか）・四枚（よんまい）
fukuoka　yonmai
福岡・四張

3. 名古屋（なごや）・五枚（ごまい）
nagoya　gomai
名古屋・五張

知識庫

購票時，可用此句型「［地點］までの　チケットを　［張數］　ください」，說明前往的地點及張數。車票的張數使用數量詞「～枚（まい）」，但如果只需要一張時，則不須特別說明。

練習B

この　電車(でんしゃ)は　新宿(しんじゅく)へ　行(い)きますか。
Kono　densya-wa　shinjuku-e　ikimasuka?

這輛電車有到新宿嗎？

▼請將反白字部分替代成以下語詞。

例：電車(でんしゃ)・新宿(しんじゅく)
densya　shinjuku
電車・新宿

1. 地下鉄(ちかてつ)・大阪(おおさか)
chikatetsu　ōsaka
地下鐵・大阪

2. バス・福岡(ふくおか)
basu　fukuoka
公車・福岡

3. 新幹線(しんかんせん)・名古屋(なごや)
shinkansen　nagoya
新幹線・名古屋

知識庫

1. 助詞「へ」唸作［ e ］，「（地點）＋へ」的意思是［往（地點）］。
2. 日語以動詞結尾，「行(い)きます」屬動詞，須放在句子的最後，表現出肯定「～ます」或否定「～ません」。例如本文會話的回答。

Q：この　電車(でんしゃ)は　新宿(しんじゅく)へ　行(い)きますか。
Kono　densya-wa　shinjuku-e　ikimasuka?
［這輛電車會到新宿嗎？］

A：［肯定］はい、行(い)きます。
Hai,　ikimasu.
［會，會到。］

［否定］いいえ、行きません。
Ĭe, ikimasen.
［不會，不會到。］

練習Ⓒ

A：どの　電車（でんしゃ）が　行（い）きますか。
Dono densya-ga ikimasuka?

哪輛車會到呢？

B：あの　赤（あか）い　電車（でんしゃ）が　行（い）きます。
Ano akai densya-ga ikimasu.

那輛紅色的電車。

▼請將反白字部分替代成以下語詞。

例：電車（でんしゃ）／あの　赤（あか）い　電車（でんしゃ）
densya ano akai densya

電車／那輛紅色電車

1. 地下鉄（ちかてつ）／あの　青（あお）い　地下鉄（ちかてつ）
chikatetsu ano aoi chikatetsu

地下鐵／那輛藍色地鐵

2. バス／88番（ばん）の　バス
basu hachijǔhachiban-no basu

公車／八十八號公車

3. 新幹線（しんかんせん）／次（つぎ）の　新幹線（しんかんせん）
shinkansen tsugi-no shinkansen

新幹線／下一班新幹線

知識庫

1. 這句是詢問可以利用的交通工具，更完整的表達方式是「どの［交通工具］が［地點］へ行きますか」。例如，

どの　電車（でんしゃ）が　新宿（しんじゅく）へ　行（い）きますか。
Dono densya-ga shinjuku-e ikimasuka?
［哪輛電車會到新宿？］

2. 當句子的主題不明確時，如會話例句中出現的疑問詞「どの　電車（でんしゃ）［哪輛電車］」時，必須使用助詞「が」。回答句的情況也相同。

4.6 搭乘計程車

▶ 指定前往地點，了解行車時間。

4-6

示範會話

：成田空港（なりたくうこう）まで　お願（ねが）い　します。Ⓐ
Naritakŭkŏ-made　onegai　shimasu.

麻煩請到成田機場。

：わかりました。
Wakarimashita.

了解。

：どのぐらい　かかりますか。Ⓑ
Donogurai　kakarimasuka?

大概要多久呢？

：十五分（じゅうごふん）ぐらいです。
Jŭgofun-gurai-desu.

大約十五分鐘左右。

………

	：次(つぎ)の交差点(こうさてん)で　止(と)めて　ください。Ⓒ Tsugi-no-kŏsaten-de　tomete　kudasai.	請在下個十字路口停車。
	：はい。千円(せんえん)です。 Hai.　Senen-desu.	好。1,000日元。
	：領収書(りょうしゅうしょ)を　お願(ねが)い　します。[1] Ryŏshŭsho-o　onegai　shimasu.	麻煩請開收據。
	：はい、領収書(りょうしゅうしょ)です。ありがとう　ございました。 Hai,　ryŏshŭsho-desu.　Arigatŏ　gozaimashita.	您的收據。謝謝搭乘。

句型代換

練習Ⓐ

なりたくうこう　　ねが
成田空港まで　お願い　します。
Naritakŭkŏ-made　onegai　shimasu.

麻煩請到成田機場。

▼請將反白字部分替代成以下語詞。

例：なりたくうこう
成田空港
naritakŭkŏ

成田機場

1. ぎんざ
銀座ホテル
ginzahoteru

銀座飯店

2. とうきょうえき
東京駅
tŏkyŏeki

東京車站

3. もよ　　えき
最寄りの　駅
moyori-no　eki

最近的車站

知識庫

搭乘計程車時，告知司機目的地的句子。助詞「まで」有表示［到～爲止］的意思。

練習B

A：どのぐらい　かかりますか。 大概要多久呢？
Donogurai　kakarimasuka?

B：十五分（じゅうごふん）ぐらいです。 大約十五分鐘左右。
Jŭgofun-gurai-desu.

▼請將反白字部分替代成以下語詞。

例：十五分（じゅうごふん） 十五分鐘
jŭgofun

1. 三十分（さんじゅっぷん） 三十分鐘
sanjuppun

2. 一時間（いちじかん） 一小時
ichijikan

3. 二時間半（にじかんはん） 二個半小時
nijikan-han

知識庫

1. 「どのぐらい」是疑問詞，有［多少；多久］的意思。在此是詢問時間的多久。動詞的「かかります」是［花費］的意思。也可以簡化句子，直接用名詞句「です」來詢問。例如：

どのぐらいですか。［多久呢？］
Donogurai-desuka?

2. 有關時間長度［～小時］［～分鐘］的讀音，請參考下表。

1 時間	いちじかん　ichijikan	1 分	いっぷん　ippun
2 時間	にじかん　nijikan	2 分	にふん　nifun
3 時間	さんじかん　sanjikan	3 分	さんぷん　sanpun
4 時間	よじかん　yojikan	4 分	よんふん　yonfun
5 時間	ごじかん　gojikan	5 分	ごふん　gofun
6 時間	ろくじかん　rokujikan	6 分	ろっぷん　roppun
7 時間	しちじかん　shichijikan	7 分	ななふん　nanafun
8 時間	はちじかん　hachijikan	8 分	はっぷん　happun
9 時間	くじかん　kujikan	9 分	きゅうふん　kyŭfun
10 時間	じゅうじかん　jŭjikan	10 分	じゅっぷん　jyuppun
11 時間	じゅういちじかん jŭichijikan	15 分	じゅうごふん jŭgofun
12 時間	じゅうにじかん jŭnijikan	30 分・半	さんじゅっぷん sanjyuppun・はん han

此外，接在時間之後的「～ぐらい」相當中文［大約～左右］的意思。

練習Ⓒ

つぎ　こうさてん　　と
次の交差点で　止めて　ください。
Tsugi-no-kŏsaten-de　tomete　kudasai.

請在下一個十字路口停車。

▼請將反白字部分替代成以下語詞。

つぎ　こつさてん
例：次の交差点
tsugi-no-kŏsaten

下一個十字路口

まえ　かど
1. 前の角
mae-no kado

前方轉角

まえ
2. ホテルの　前
hoteru-no　mae

飯店前

つぎ　しんごう
3. 次の　信号
tsugi-no　shingŏ

下一個交通燈號

知識庫

「止（と）めて　ください」是請人停止的意思，在此是請司機停車的意思。前面用助詞「で」銜接表示動作場所的地點。

常用句 1

領収書（りょうしゅうしょ）を　お願い（ねが）い　します。［麻煩請開收據。］

Ryŏshŭsho-o　onegai　shimasu.

知識庫

要求對方開立收據時，即可使用。當然也可以使用之前所學過的「ください」句型，如「領収書（りょうしゅうしょ）を　ください」［給我收據。］，但不如拜託人的「お願（ねが）い　します」來得禮貌。

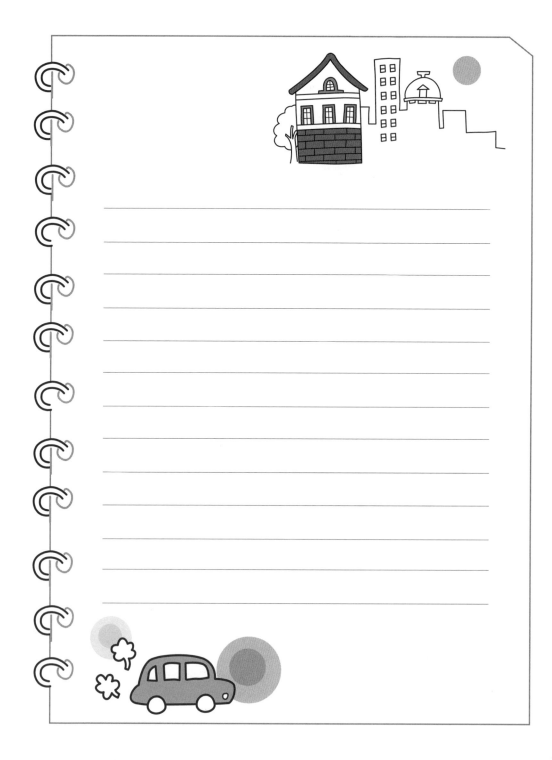

第五章 安排生活

- 約定行程　參訪接待 -

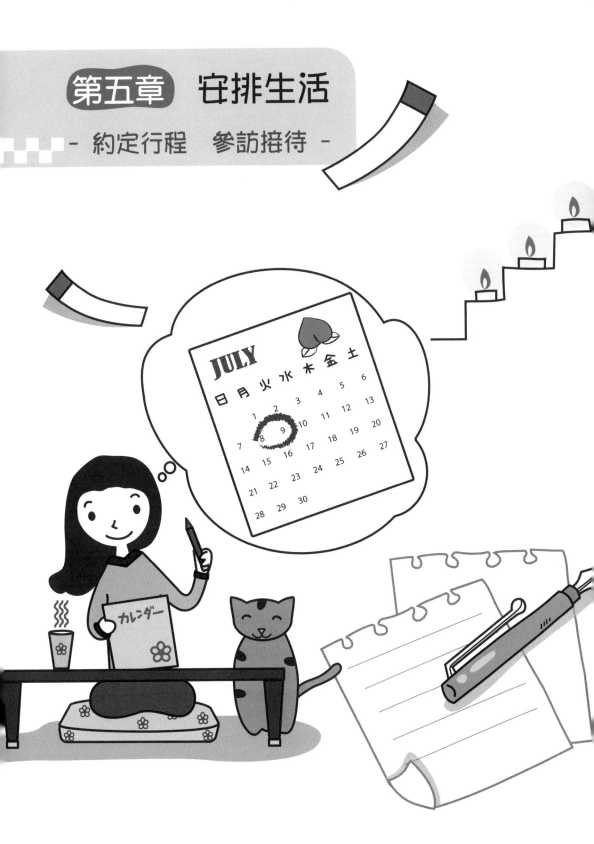

5.1 計畫行程

▶ 在學校和朋友聊起暑假的計畫。

5-1

示範會話

：これは　学校(がっこう)の　スケジュールです。

Kore-wa　gakkŏ-no　sukejŭru-desu.

夏休(なつやす)みは　七月(しちがつ)二十(にじゅう)四日(よっか)から

Natsuyasumi-wa shichigatsu-nijŭyokka-kara

九月(くがつ)二日(ふつか)までです。Ⓐ

kugatsufutsuka-made-desu.

這是學校的行事曆。

暑假從7月24日到9月2日。

：ジョンさんは　この休(やす)み、何(なに)を

Jon-san-wa　konoyasumi,　nani-o

しますか。

shimasuka?

喬同學，這個假期你要做什麼？

ジョン：私(わたし)は　国(くに)へ　帰(かえ)ります。B

Watashi-wa kuni-e kaerimasu.

我要回國。

劉(りゅう)さんも　国(くに)へ　帰(かえ)りますか。C

Ryŭ-san-mo kuni-e kaerimasuka?

劉同學也要回國嗎？

劉：いいえ、帰(かえ)りません。私(わたし)は　沖縄(おきなわ)へ　行(い)きます。

Ĭe, kaerimasen. Watashi-wa okinawa-e ikimasu.

不，我不回去。我要去沖繩。

ジョン：いいですね。1

Ĭ-desune.

真好。

句型代換

練習A

夏休み（なつやす）は　七月二十四日（しちがつにじゅうよっか）から
Natsuyasumi-wa shichigatsu-nijŭyokka-kara
九月二日（くがつふつか）までです。
kugatsu-futsuka-made-desu.

暑假從7月24日到9月2日。

▼請將反白字部分替代成以下語詞。

例：夏休み（なつやす）・七月二十四日（しちがつにじゅうよっか）・
natsuyasumi shichigatu-nijŭyokka
九月二日（くがつふつか）
kugatsu-futsuka

暑假・7月24日・9月2日

1. 冬休み（ふゆやす）・一月十七日（いちがつじゅうしちにち）・
fuyuyasumi ichigatsu-jŭshichinichi
二月二十五日（にがつにじゅうごにち）
nigatsu-nijŭgonichi

寒假・1月17日・2月25日

2. 今回（こんかい）の　旅行（りょこう）・水曜日（すいようび）・日曜日（にちようび）
konkai-no ryokŏ suiyŏbi nichiyŏbi

這次的旅行・星期三・星期日

3. 期末試験（きまつしけん）・月曜日（げつようび）・金曜日（きんようび）
kimatsushiken getsuyŏbi kinyŏbi

期末考・星期一・星期五

知識庫

1. 助詞「から」有［開始］的意思，表示起始點。「まで」則是［結束］表示終結點。在此表示期間的開始與結束，兩者皆可分開使用。例如：

夏休みは　七月二十四日からです。
Natsuyasumi-wa shichigatu-nijŭyokka-kara-desu.
［暑假從七月二十四日開始。］

期末試験は　金曜日までです。
Kimatsushiken-wa kinyŏbi-made-desu.
［期末考考到星期五。］

2. 「から」「まで」也可用在空間上，如前面1-5，說明來自什麼地方的說法。例如：

私は　台湾から　来ました。［我來自台灣。］
Watashi-wa taiwan-kara kimashita.

以及前章4-6，搭乘計程車要前往的目的地。例如：

成田空港まで　お願い　します。［請到成田機場。］
Naritakŭkŏ-made onegai shimasu.

3. 有關星期、月份、日期的說法，表列如下。

何曜日	なんようび nanyŏbi	何月	なんがつ nangatsu
月曜日［一］	げつようび getsuyŏbi	一月	いちがつ ichigatsu
火曜日［二］	かようび kayŏbi	二月	にがつ nigatsu
水曜日［三］	すいようび suiyŏbi	三月	さんがつ sangatsu

木曜日 ［四］	もくようび mokuyŏbi	四月	しがつ shigatsu
金曜日 ［五］	きんようび kinyŏbi	五月	ごがつ gogatsu
土曜日 ［六］	どようび doyŏbi	六月	ろくがつ rokugatsu
日曜日 ［日］	にちようび nichiyŏbi	七月	しちがつ shichigatsu
		八月	はちがつ hachigatsu
		九月	くがつ kugatsu
		十月	じゅうがつ jŭgatsu
		十一月	じゅういちがつ jŭichigatsu
		十二月	じゅうにがつ jŭnigatsu
何日	なんにち nannichi	十六日	じゅうろくにち jŭrokunichi
一日	ついたち tsuitachi	十七日	じゅうしちにち jŭshichinichi
二日	ふつか futsuka	十八日	じゅうはちにち jŭhachinichi
三日	みっか mikka	十九日	じゅうくにち jŭkunichi

四日	よっか yokka	二十日	はつか hatsuka
五日	いつか itsuka	二十一日	にじゅういちにち nijŭichinichi
六日	むいか muika	二十二日	にじゅうににち nijŭninichi
七日	なのか nanoka	二十三日	にじゅうさんにち nijŭsannichi
八日	ようか yŏka	二十四日	にじゅうよっか nijŭyokka
九日	ここのか kokonoka	二十五日	にじゅうごにち nijŭgonichi
十日	とおか tŏka	二十六日	にじゅうろくにち nijŭrokunichi
十一日	じゅういちにち jŭichinichi	二十七日	にじゅうしちにち nijŭshichinichi
十二日	じゅうににち jŭninichi	二十八日	にじゅうはちにち nijŭhachinichi
十三日	じゅうさんにち jŭsannichi	二十九日	にじゅうくにち nijŭkunichi
十四日	じゅうよっか jŭyokka	三十日	さんじゅうにち sanjŭnichi
十五日	じゅうごにち jŭgonichi	三十一日	さんじゅういちにち san jŭichinichi

練習B

私(わたし)は　国(くに)へ　帰(かえ)ります。
Watashi-wa kuni-e　kaerimasu.

我要回國。

▼請將反白字部分替代成以下語詞。

例：国(こく)・帰(かえ)り
kuni　kaeri
國家・回去

1. 家(うち)・帰(かえ)り
uchi　kaeri
家・回去

2. 沖縄(おきなわ)・行(い)き
okinawa　iki
沖繩・去

3. 北海道(ほっかいどう)・行(い)き
hokkaidŏ　iki
北海道・去

知識庫

1. 助詞「へ」要讀作［e］，前面接地點，表示前往的方向、目的地。
2. 動詞位在句子最後，呈「～ます」型態，表示［現在的習慣］或［未來的行動］。

練習C

A：劉(りゅう)さんは　国(くに)へ　**帰(かえ)り**ますか。
Ryŭ-san-wa　kuni-e　kaerimasuka?
劉同學也要回國嗎？

B：いいえ、**帰(かえ)り**ません。
Ĭe,　kaerimasen.
不，我不回去。

▼請將反白字部分替代成以下語詞。

例：国(こく)・**帰(かえ)り**
kuni　kaeri
國家・回去

1. 家(うち)・帰(かえ)り
uchi　kaeri
家・回去

2. 沖縄(おきなわ)・行(い)き
okinawa　iki
沖繩・去

3. 北海道(ほっかいどう)・行(い)き
hokkaidŏ　iki
北海道・去

知識庫

動詞「～ます」的否定形爲「～ません」。請參考前章4-5。

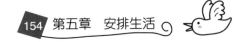

常用句1

いいですね。↘［真好。］

Ĭ-desune.

知識庫

句尾的「ね」語調往下，與前面 2-2 尋求確認或同意的意思不同，在此是用來表示羨慕或分享別人的快樂心情。

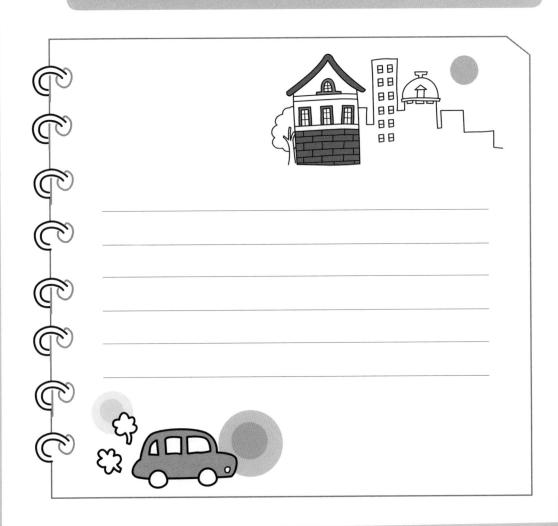

5.2 尋訪找人

▶ 去學校的研究室找老師。

5-2

示範會話

劉：留学生(りゅうがくせい)の　劉(りゅう)ですが[1]、田中先生(たなかせんせい)は　いらっしゃいますか。Ⓐ Ryŭgakusĕ-no　ryŭ-desuga,　tanaka-sensĕ-wa　irassyaimasuka?	我是留學生的劉，田中老師在嗎？
事務員：すみません。今(いま)、研究室(けんきゅうしつ)に　いません。 Sumimasen.　Ima,　kenkyŭshitsu-ni　imasen.	不好意思。現在不在研究室。
劉：田中先生(たなかせんせい)は　うちへ　帰(かえ)りましたか。Ⓑ Tanakasensĕ-wa　uchi-e　kaerimashitaka?	田中老師回家了嗎？

事務員：	いいえ，図書館(としょかん)へ　行(い)きました。 Ĭe.　toshokan-e　ikimashita.	不，他去圖書館了。
	もうすぐ　戻(もど)ります。2 Mŏsugu　modorimasu.	馬上就會回來。
劉：	じゃ、また　来(き)ます。3 Ja,　mata　kimasu.	那我會再過來。

句型代換

練習A

A：田中先生（たなかせんせい）は　いらっしゃいますか。
Tanaka-sensě-wa　irassyaimasuka?
田中老師在嗎？

B：今（いま）、研究室（けんきゅうしつ）に　いません。
Ima,　kenkyŭshitsu-ni　imasen.
現在不在辦公室。

▼請將反白字部分替代成以下語詞。

例：田中先生（たなかせんせい）／研究室（けんきゅうしつ）
tanaka-sensě　kenkyŭshitsu
田中老師／研究室

1. 木村（きむら）さん／会議室（かいぎしつ）
kimura-san　kaigishitsu
木村小姐／會議室

2. 山田課長（やまだかちょう）／事務室（じむしつ）
yamada-kachŏ　jimushitsu
山田課長／辦公室

3. 林（りん）さん／ここ
rin-san　koko
林小姐／這裡

知識庫

1. 此句是詢問某人是否在該處的說法。範例中問句的「いらっしゃいます」是敬語，表示對此人的尊敬。對於平輩或後輩等人，用一般動詞「います」即可。例如找自己的朋友，

ジョンさんは　いますか。［喬同學在嗎？］
Jon-san-wa　imasuka?

回答時，表示尊敬的敬語「いらっしゃいます」不適合用在己方的人身上，只能用一般動詞的「います」來回答。否定形爲「いません」。

2. 回答句中，用助詞「に」表存在的地點。完整的句型「［人］は［地點］にいます」，問答例句如下，

A：ジョンさんは　教室（きょうしつ）に　いますか。［喬同學在教室嗎？］
Jon-san-wa　kyōshitsu-ni　imasuka?

B［肯定］：はい、います。［有，在。］
Hai,　imasu.

B［否定］：いいえ、いません。［不，不在。］
Ĭe,　imasen.

練習B

A：田中先生（たなかせんせい）は　うちへ　帰り（かえ）ましたか。
Tanakasensě-wa　uchi-e　kaerimashitaka.
田中老師回家了嗎？

B：いいえ、図書館（としょかん）へ　行き（い）ました。
Ĭe,　toshokan-e　ikimashita.
不，去圖書館了。

▼請將反白字部分替代成以下語詞。

例：田中先生（たなかせんせい）・うち・帰り（かえ）／図書館（としょかん）
tanaka-sensě　uchi　kaeri　toshokan
田中老師・家・回去／圖書館

1. 木村（きむら）さん・郵便局（ゆうびんきょく）・行き（い）／食堂（しょくどう）
kimura-san　yŭbinkyoku　iki　shokudŏ
木村小姐・郵局・去／餐廳

2. 山田課長（やまたかちょう）・支社（ししゃ）・行き（い）／銀行（ぎんこう）
yamada-kachŏ　shisya　iki　ginkŏ
山田課長・分公司・去／銀行

3. 林（りん）さん・受付（うけつけ）・行き（い）／教室（きょうしつ）
rin-san　uketsuke　iki　kyŏshitsu
林小姐・櫃檯・去／教室

知識庫

動詞「～ます」的過去形「～ました」，表示動作的完成，過去的否定形爲「～ませんでした」。綜合其變化可列表如下。

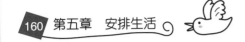

動詞變化	肯定	否定
現在	行きます ikimasu	行きません ikimasen
過去	行きました ikimashita	行きませんでした ikimasendeshita

「否定」與「過去」同時使用時，記得先「否定」再「過去」。

常用句 1

留学生(りゅうがくせい)の劉(りゅう)ですが、…。［我是留學生的劉…］

Ryŭgakusĕ-no ryŭ-desuga…

知識庫

在尋人等場合，對於不認識的人，表明自己的身分是一種基本禮儀。接續句子的「が」，在此有提示話題的作用。

常用句 2

もうすぐ　戻(もど)ります。［馬上就會回來。］

Mŏsugu　modorimasu.

知識庫

「もうすぐ」是立刻、馬上的意思。「戻(もど)ります」與「帰(かえ)ります」的中文雖翻譯爲［回來］，但意思卻不同。「帰(かえ)ります」是回到原本歸屬的地方，常用在「家(うち)へ　帰(かえ)ります［回家］」（Uchi-e　kaerimasu）、「国(くに)へ　帰(かえ)ります［回國］」（Kuni-e　kaerimasu）。

「戻(もど)ります」則是回到原來的地方，即剛才離開的地方。

常用句 3

また　来(き)ます。［我會再過來。］

Mata　kimasu.

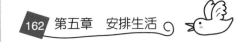

知識庫

「また」有再次的意思，後接動詞則表示會再做一次這個動作。在示範會話，因劉小姐找不到田中老師，所以請人轉達會再次來訪。如果是電話的情況，找不到人想再重打一次的話，也可以說：

「また　電話(でんわ)を　します。［我會再打電話］」。
Mata　denwa-o　shimasu

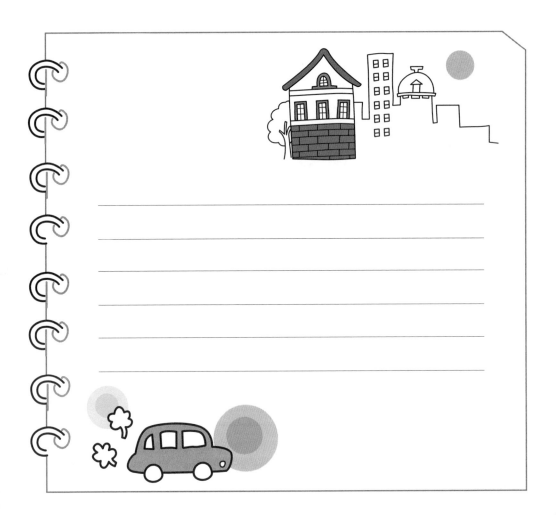

5.3 確認行程

▶ 詢問活動內容，邀約一同參加。

5-3

示範會話

ジョン：今日（きょう）、公園（こうえん）で　お花見（はなみ）が　ありますよ。Ⓐ
Kyŏ,　kŏen-de　ohanami-ga　arimasuyo.
今天公園有一場賞花會喔。

劉：お花見（はなみ）は　何（なに）を　しますか。Ⓑ
Ohanami-wa　nani-o　shimasuka?
賞花會會做什麼？

ジョン：桜（さくら）を　見（み）ます。
Sakura-o　mimasu.
看櫻花。

劉：そうですか。
Sŏ-desuka.
是喔。

ジョン：一緒（いっしょ）に　桜（さくら）を　見（み）ませんか。
Issho-ni　sakura-o　mimasenka?
要不要一起看櫻花呢。

きれいですよ。Ⓒ
Kirě-desuyo.
很漂亮喔。

：いいですね。見(み)ましょう。
Ĭ-desune.　Mimashŏ.
好啊。去看吧。

十時(じゅうじ)に　駅(えき)の　前(まえ)で　会(あ)いませんか。Ⓓ
Jŭji-ni　eki-no　mae-de　aimasenka?
十點在車站前見，好嗎？

：ええ、そう　しましょう。
Ĕ,　sŏ　shimashŏ.
好，就這麼辦。

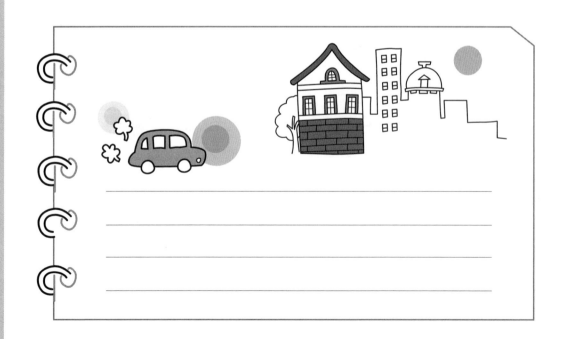

句型代換

練習A

きょう　こうえん　はなみ
今日、**公園**で　**お花見**が　あります。
Kyǒ,　kǒen-de　ohanami-ga　arimasu.

今天公園有一場賞花會。

▼請將反白字部分替代成以下語詞。

きょう　こうえん　はなみ
例：**今日**・**公園**・**お花見**
kyǒ　kǒen　ohanami

今天・公園・賞花會

あした　あさくさ　まつ
1. 明日・浅草・お祭り
ashita　asakusa　omatsuri

明天・淺草・祭典活動

らいしゅう　ながの　りょこう
2. 来週・長野・バス旅行
raishŭ　nagano　basu-ryokǒ

下星期・長野・巴士旅行

こんげつ　がっこう　りゅうがくせい
3. 今月・学校・留学生パーティ
kongatsu　gakkǒ　ryŭgakusě-păti

這個月・學校・留學生派對

知識庫

1. 「あります」曾在前章4-3出現，有表示物品存在［有；在］的意思。在此，「［活動］があります」是指有活動的舉辦。舉辦的地點，以助詞「で」表示。
完整的句型爲「［時間］、［地點］で［活動］があります」，說明舉辦活動的時間與地點。

2. 有關時間（相對時間）的說法，請參考下表。

天	きのう 昨日 kinŏ	きょう 今日 kyŏ	あした 明日 ashita
週	せんしゅう 先週 senshŭ	こんしゅう 今週 konshŭ	らいしゅう 来週 raishŭ
月	せんげつ 先月 sengetsu	こんげつ 今月 kongetsu	らいげつ 来月 raigetsu
年	きょねん 去年 kyonen	ことし 今年 kotoshi	らいねん 来年 rainen

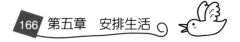

練習B

A：お花見(はなみ)は　何(なに)を　しますか。
Ohanami-wa　nani-o　shimasuka?
賞花會會做什麼？

B：桜(さくら)を　見(み)ます。
Sakura-o　mimasu.
看櫻花。

▼請將反白字部分替代成以下語詞。

例：お花見(はなみ)／桜(さくら)・見(み)ます
ohanami　sakura　mimasu
賞花會／櫻花・看

1. お祭(まつ)り／花火(はなび)・見(み)ます
omatsuri　hanabi　mimasu
祭典活動／煙火・看

2. バス旅行(りょこう)／スキー・します
basu-ryokŏ　sukĭ　shimasu
巴士旅行／滑雪・做

3. 留学生(りゅうがくせい)パーティ／バーベキュー・します
ryŭgakusĕ-pāti　băbekyŭ　shimasu
留學生派對／烤肉・做

知識庫

1. 配合某些動詞，如「見(み)ます、します」等，使用的助詞「を」來表示該名詞爲動作作用的對象。例如：

「桜(さくら)を　見(み)ます。［看櫻花］」

若該名詞爲詢問的內容，則使用疑問詞「何(なに)」［什麼］。例如：

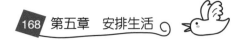

「何(なに)を　見(み)ますか。［看什麼呢？］」
Nani-o　mimasuka?

2. 搭配動詞「します」，表作用對象「を」之前的名詞，通常已具有動作意思。例如：「スキーを　します。［滑雪］」、「バーベキューを　します。［烤肉］」。

如果疑問句的動詞是不確定的動作，則可用「します」。

如會話中範例，「何(なに)を　しますか。［做什麼？］」

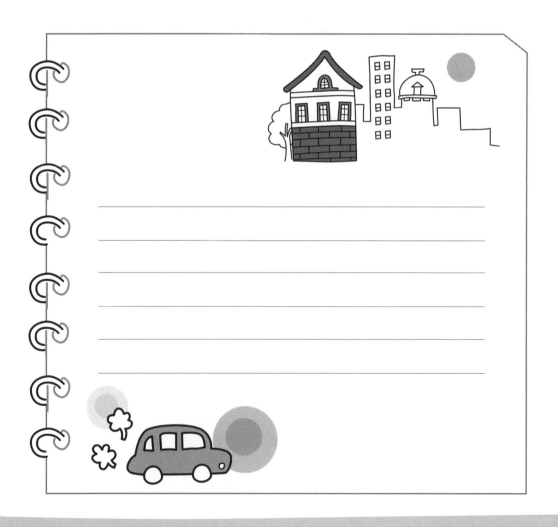

練習Ⓒ

A：一緒に（いっしょ）　桜を（さくら）　見（み）ませんか。きれいですよ。
Ĭssho-ni　sakura-o　mimasenka?　Kirĕ-desuyo.

要不要一起看櫻花呢。很漂亮喔。

B：いいですね。見（み）ましょう。
Ĭ-desune.　Mimashŏ.

好啊。去看吧。

▼請將反白字部分替代成以下語詞。

例：桜（さくら）を見（み）・きれい
sakura-o mi　kirĕ

看櫻花・漂亮

1. 花火（はなび）を見（み）・きれい
hanabi-o mi　kirĕ

看煙火・漂亮

2. スキーをし・楽（たの）しい
sukĬ-o shi　tanoshĭ

滑雪・好玩

3. バーベキューをし・楽（たの）しい
băbekyŭ-o shi　tanoshĭ

烤肉・好玩

知識庫

1. 動詞以否定形的問句型態「～ませんか」，表示邀約的語意，常搭配副詞「一緒に（いっしょ）」[一起] 一起使用。例如：

一緒に（いっしょ）　行（い）きませんか。[要不要一起去？]
Ĭssho-ni　ikimasenka?

2. 動詞的「～ましょう」形態，表示即將採取行動的動作意圖，因此用在回應邀約時，可理解爲積極答應、樂意參予的意思。

除此之外，答應對方的邀約，也可使用慣用句來回應。例如：

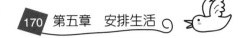

ええ、ぜひ。［好，一定去。］
Ě,　zehi.

ええ、喜（よろこ）んで。［好，我很樂意。］
Ě,　yorokonde.

練習Ⓓ

A：十時(じゅうじ)に　駅(えき)の　前(まえ)で　会(あ)いませんか。
Jŭji-ni eki-no mae-de aimasenka?
十點在車站前見，好嗎？

B：ええ、そう　しましょう。
Ĕ, sŏ shimashŏ.
好，就這麼辦。

▼請將反白字部分替代成以下語詞。

例：十時(じゅうじ)・駅(えき)の　前(まえ)
jŭji eki-no mae
十點・車站前

1. 七時(しちじ)・駅(えき)の　改札口(かいさつぐち)
shichiji eki-no kaisatsuguchi
七點・車站剪票口

2. 月曜日(げつようび)の　八時(はちじ)・駅(えき)の　ホーム
getsuyŏbi-no hachiji eki-no hŏmu
星期一的八點・車站的月台

3. 土曜日(どようび)の　午後(ごご)・駅(えき)の　入り口(いりぐち)
doyŏbi-no gogo eki-no iriguchi
星期六的下午・車站的入口

知識庫

1. 動詞的否定形問句「～ませんか」，除練習Ⓒ表達邀約的語意外，也有提出意見等提議的語意。會話例「十時(じゅうじ)に　駅(えき)の　前(まえ)で　会(あ)いませんか。」，即是對於兩人相約的時間地點，提出建議。而動詞形態「～ましょう」也有下決定，相當中文的［～吧］的意思。
2. 助詞「に」之前的時間，表示時間點。使用「に」的時間，多爲絕對性的時間點，通常有數字的表示。前段練習Ⓐ的時間，如「今日(きょう)、明日(あした)」等，屬於會隨著時間流逝改變意義的相對時間概念，則不接「に」。

3. 接在助詞「で」之前的地點，表示動作場所，與後面有動作性的動詞相呼應。

5.4 接待訪客

▸ 客人來訪，給予熱情的接待。

5-4

示範會話

劉：木村さん、よく　いらっしゃいました。[1] Kimura-san, yoku irassyaimashita.	木村小姐，歡迎。
木村：お邪魔　します。[2] Ojama shimasu.	叨擾了。
劉：外は　暑いでしょう。ジュースを Soto-wa atsui-deshŏ. Jŭsu-o どうぞ。Ⓐ dŏzo.	外面很熱吧。請用果汁。
木村：ありがとう　ございます。 Arigatŏ gozaimasu.	謝謝。

劉：	お菓子（かし）は　いかがですか。Ⓑ Okashi-wa　ikaga-desuka?	要不要吃點心呢？
	台湾（たいわん）の　パイナップルケーキです。 Taiwan-no　painappurukěki-desu.	台灣的鳳梨酥。
木村：	はい、いただきます。 Hai,　itadakimasu.	好，謝謝。
	（吃一口之後）うん、 Un, とても　おいしいですね。Ⓒ totemo　oishǐ-desune.	嗯，非常好吃耶。
劉：	もう一（ひと）つ　いかがですか。[3] Mŏhitotsu　ikaga-desuka?	要不要再來一個？
木村：	いいえ、ご馳走（ちそう）さまでした。 Ǐe,　gochisŏsama-deshita.	不用了，謝謝招待。

句型代換

練習A

外(そと)は　暑(あつ)いでしょう。ジュースを　どうぞ。
Soto-wa atsui-deshŏ. Jŭsu-o dŏzo.

外面很熱吧。請用果汁。

▼請將反白字部分替代成以下語詞。

例：暑(あつ)い・ジュース
atsui　jŭsu
很熱・果汁

1. 暑(あつ)い・コーラ
atsui　kŏra
很熱・可樂

2. 寒(さむ)い・お茶(ちゃ)
samui　ocha
很冷・茶

3. 寒(さむ)い・コーヒー
samui　kŏhĭ
很冷・咖啡

知識庫

1. 句尾的形容詞再加上「です」，屬於禮貌的說法。在會話例中的「でしょう」，則具有推測等意思，相當中文［～吧］。練習句的「外(そと)は　寒(さむ)いでしょう。」可解釋爲［外面應該很冷吧］。
2. 接待客人、請人用餐點時，可用「［餐點］をどうぞ」。

練習B

A：お菓子(かし)は　いかがですか。　　要不要吃點心呢？

Okashi-wa　ikaga-desuka?

台湾(たいわん)の　パイナップルケーキです。　　台灣的鳳梨酥。

Taiwan-no　painappurukěki-desu.

B：はい、いただきます。　　好，謝謝。

Hai,　itadakimasu.

▼請將反白字部分替代成以下語詞。

例：お菓子(かし)・パイナップルケーキ　　點心・鳳梨酥

okashi　paniappurukěki

1. 果物(くだもの)・バナナと　マンゴー　　水果・香蕉與芒果

kudamono banana-to　mangŏ

2. スイーツ・タピオカミルクティー　　甜點・珍珠奶茶

suĭtsu　tapioka-mirukutĭ

3. 飲(の)み物(もの)・ウーロン茶(ちゃ)　　飲品・烏龍茶

nomimono　ŭroncha

知識庫

1. 問人意見或想法時，可用疑問詞「いかが」「どう」，相當中文［如何］的意思，「いかが」較「どう」禮貌。
2. 會話例中回應的「いただきます」，是用餐前使用的慣用句，在此表示接受對方餐點的招待。吃完可以用「ご馳走(ちそう)さまでした」表示感謝。如不想接受，則可以用「結構(けっこう)です」婉拒。例如：

Q：お菓子（かし）は　いかがですか。
Okashi-wa ikaga-desuka?
［要不要吃點心呢？］

A：いいえ、結構（けっこう）です。ありがとう　ございます。
Ĭe, kekkŏ-desu. Arigatŏ gozaimasu.
［不用，謝謝。］

練習C

パイナップルケーキは　とても　おいしいですね。　鳳梨酥非常好吃耶。
Painappurukěki-wa totemo oishĭ-desune.

▼請將反白字部分替代成以下語詞。

例：パイナップルケーキ・おいしい　鳳梨酥・好吃
painappurukěki oishĭ

1. バナナと　マンゴー・新鮮（しんせん）　香蕉與芒果・新鮮
banana-to mangŏ shinsen

2. タピオカミルクティー・甘（あま）い　珍珠奶茶・甜
tapioka-mirukutĭ amai

3. ウーロン茶（ちゃ）・健康的（けんこうてき）　烏龍茶・健康
ŭroncha kenkŏteki

知識庫

副詞「とても」加在形容詞之前，表示感受到此形容詞很大的程度，相當中文［非常］的意思。

常用句 1

よく　いらっしゃいました。［歡迎。］
Yoku　irassyaimashita.

知識庫

迎接客人，表示歡迎之意。

常用句 2

お邪魔（じゃま）　します。［叨擾了。］
Ojama　shimasu.

知識庫

進入別人家等私領域時，可使用這句表示禮貌。

常用句 3

もう一（ひと）つ　いかがですか。［要不要再來一個？］
Mǒhitotsu　ikaga-desuka?

知識庫

「もう」之後接數量詞「一（ひと）つ」，表示再來一個。如果是飲料等杯子裝的東西，就要更換數量詞。例如：「もう一杯（いっぱい）」［再來一杯］。
mǒippai

5.5 介紹環境

▶ 引導客人參觀，並介紹週遭環境。

5-5

示範會話

：木村（きむら）さん、どうぞ　こちらへ。1

Kimura-san　dŏzo　kochira-e.

木村小姐，請到這邊來。

：（遠望戶外）うわ、この　町（まち）は

Uwa,　kono　machi-wa

広（ひろ）いですね。A

hiroi-desune.

哇，這個城鎮好大喔。

：ええ、広（ひろ）いでしょう。

Ĕ,　hiroi-deshŏ.

對啊，很大吧。

木村：あの　高(たか)い　ビルは　何(なん)ですか。B
Ano　takai　biru-wa　nan-desuka?
那棟高樓是什麼？

劉：あれは　超高層(ちょうこうそう)ビルです。
Are-wa　chŏkŏsŏ-biru-desu.
那是摩天大樓。

あの　ビルの　上(うえ)に　展望台(てんぼうだい)が　あります。C
Ano　biru-no　ue-ni　tenbŏdai-ga　arimasu.
那棟大樓上面有觀景台。

木村：展望台(てんぼうだい)の　チケットは　高(たか)いですか。D
Tenbŏdai-no　chiketto-wa　takai-desuka?
觀景台的票很貴嗎？

劉：そうですね。2あまり　高(たか)くないです。
Sŏ-desune.　Amari　takakunai-desu.
嗯，不會很貴。

示範會話

練習A

A：この 町(まち)は 広(ひろ)いですね。 Kono machi-wa hiroi-desune.	這個城鎮好大喔。
B：ええ、広(ひろ)いでしょう。 Ě, hiroi-deshŏ.	對啊，很大吧。

▼請將反白字部分替代成以下語詞。

例：町(まち)・広(ひろ)い machi hiroi	城鎮・寬敞
1. うち・きれい uchi kirě	家・漂亮
2. 絵(え)・面白(おもしろ)い e omoshiroi	畫・有趣
3. 花瓶(かびん)・いい 色(いろ) kabin ĭ iro	花瓶・顏色很美

知識庫

句尾的「でしょう」，除了在前一節5-4提過有推測的語意之外，也有附和認同、尋求同意的用法。本練習句屬於附和認同的意思，例如：

A：この　花瓶（かびん）は　いい　色（いろ）ですね。
Kono　kabin-wa　ĭ　iro-desune.
［這個花瓶顏色很好。］

B：ええ、いい　色（いろ）でしょう。
Ĕ,　ĭ　iro-deshŏ.
［是啊，顏色很好吧。］

回答句亦可解讀爲［是啊，我也覺得顏色很好。］

如果是尋求同意的說法，即以上揚的語調，營造問句的感覺。例如：

A：この　花瓶（かびん）は　いい　色（いろ）でしょう↗。
Kono　kabin-wa　ĭ　iro-deshŏ?
［這個花瓶顏色很好吧。］

B：ええ、いい　色（いろ）ですね。
Ĕ,　ĭ　iro-desune.
［是啊，顏色很好。］

練習B

A：あの　高い（たか）　ビルは　何（なん）ですか。
Ano　takai　biru-wa　nan-desuka?

那棟高樓是什麼？

B：あれは　超高層（ちょうこうそう）ビルです。
Are-wa　chŏkŏsŏ-biru-desu.

那是摩天大樓。

▼請將反白字部分替代成以下語詞。

例：高い（たか）・ビル／超高層（ちょうこうそう）ビル
takai　biru　chŏkŏsŏ-biru
高的・大樓／摩天大樓

1. 大きい（おお）・建物（たてもの）／アリーナ
ŏkĭ　tatemono　arĭna
大的・建築物／巨蛋

2. きれいな・建物（たてもの）／美術館（びじゅつかん）
kirĕ-na　tatemono bijutsukan
漂亮的・建築物／美術館

3. 緑（みどり）の・所（ところ）／大学（だいがく）の　キャンパス
midori-no　tokoro daigaku-no　kyanpasu
綠色的・地方／大學的校園

知識庫

練習句中出現的形容詞，如「高い」［高的］、「大きい」［大的］，字尾是「い」，文法上稱爲「い形容詞」，可直接銜接名詞使用。
另外，「きれい」［漂亮的］字尾雖是「い」但是屬於漢字讀音「綺麗（きれい）」，此類形容詞修飾名詞時，必須在字尾加「な」作爲銜接，因此稱爲「な形容詞」。最後的「緑（みどり）」［綠色］屬於名詞，名詞與名詞則以「の」銜接。

い形容詞　＋　名詞
な形容詞＋な＋名詞
名　　詞＋の＋名詞

練習Ⓒ

あの　**ビルの　上**(うえ)に　**展望台**(てんぼうだい)が　**あります**。
Ano　biru-no　ue-ni　tenbŏdai-ga　arimasu.

那棟大樓上面有觀景台。

▼請將反白字部分替代成以下語詞。

例：**ビルの　上**(うえ)・**展望台**(てんぼうだい)・**あります**
biru-no　ue　tenbŏdai　arimasu

大樓上面・觀景台・有

1. アリーナの　近く(ちか)・レストランと　広場(ひろば)・あります
arĭna-no　chikaku　resutoran-to　hiroba　arimasu

巨蛋附近・餐廳和廣場・有

2. 美術館(びじゅつかん)の　隣(となり)・本屋(ほんや)や　喫茶店(きっさてん)・あります
bijutsukan-no　tonari　honya　kissaten　arimasu

美術館隔壁・書店與咖啡廳等・有

3. 大学(だいがく)の　中(なか)・外国(がいこく)の　留学生(りゅうがくせい)・います
daigaku-no　naka　gaikoku-no　ryŭgakusĕ　imasu

大學裡・外國的留學生・有

知識庫

1. 表示在那裡有什麼的句型「［地點］に［物品］があります」。與前章4-3表示地點所在的句型不同，這類句型更強調的是物品的存在。如果存在的內容是人或動物，則須使用動詞「います」，如練習的第三句。句型爲「［地

點] に [人・動物] がいます」。

2. 複數個內容物時，名詞與名詞以助詞「と」銜接，相當中文 [～和～] 的意思，如練習的第一句。若內容物更多，則使用助詞「や」，表示列舉，如練習的第二句。

練習D

A：展望台（てんぼうだい）の　チケットは　高（たか）いですか。 觀景台的票很貴嗎？
Tenbŏdai-no chiketto-wa takai-desuka?

B：そうですね。あまり　高（たか）くないです。 嗯，不會很貴。
Sŏ-desune Amari takakunai-desu.

▼請將反白字部分替代成以下語詞。

例：展望台（てんぼうだい）の　チケット・高（たか）い／高（たか）くない 觀景台的票・貴／不貴
tenbŏdai-no chiketto takai takakunai

1. レストランの　料理（りょうり）・おいしい／おいしくない 餐廳的菜・好吃／不好吃
resutoran-no ryŏri oishĭ oishikunai

2. 喫茶店（きっさてん）・静（しず）か／静（しず）かじゃない 咖啡廳・安靜／不安靜
kissaten shizuka shizuka-janai

3. 大学（だいがく）・有名（ゆうめい）／有名（ゆうめい）じゃない 大學・有名／不有名
daigaku yŭmĕ yŭmĕ-janai

知識庫

1. 如前面所述的兩種形容詞，否定形的變化也不相同。

い形容詞的否定形，如「おいしい → おいしくない」
oishĭ oishikunai

な形容詞的否定形，如「しずか → しずかじゃない」
shizuka shizuka-janai

這種變化方式，兩者句尾加「です」作為禮貌的說法。

或將「ない」的部分，直接用禮貌形的「ありません」即可。如，
「おいしく　ありません」「しずかじゃ　ありません」。
oishiku　arimasen　shizuka-ja　arimasen

2.「い形容詞」當中的「いい」[好] 爲例外，須變化爲「よくない」。
yokunai

3. 程度副詞的「あまり」，只能用在否定句，如「あまり～ない」表示 [不太～；不會很～] 的意思。

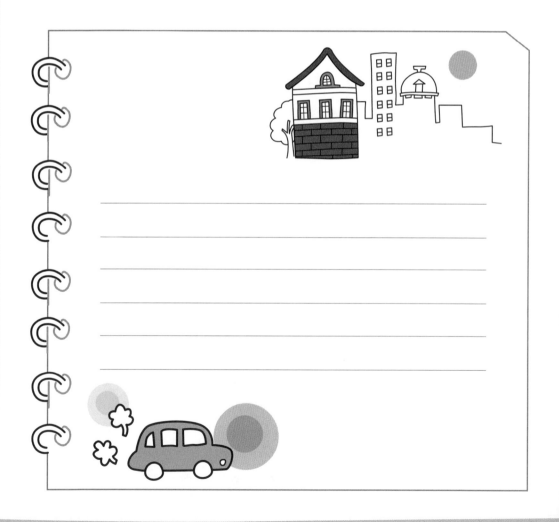

常用句 1

どうぞ　こちらへ。［請到這邊來。］
Dŏzo kochira-e.

知識庫

引導路線的說法。如果是對方方向去，則換成「どうぞ　そちらへ」(Dŏzo sochira-e)的說法。「へ」爲助詞，表方向。

常用句 2

そうですね。［嗯。］
Sŏ-desune.

知識庫

被人詢問，一時之間需要時間思考時，即可一邊思考一邊使用此句。

5.6 珍重再見

▶ 送別訪客，互道珍重再見。

5-6

示範會話

木村：お菓子(かし)は　おいしかったです。Ⓐ
Okashi-wa　oishikatta-desu.
ご馳走(ちそう)さまでした。
Gochisōsama-deshita.

點心很好吃。
謝謝您的招待。

劉：いいえ、どう　いたしまして。
Īe,　dō　itashimashite.

不用客氣。

木村：じゃ、今日(きょう)は　これで　失礼(しつれい)　します。1
Ja,　kyō-wa　kore-de　shitsurē　shimasu.

那麼，今天要在此告辭了。

劉：そうですか。
Sŏ-desuka?
是嗎？

木村：ええ、今日（きょう）は　本当（ほんとう）に　楽（たの）しかったです。[2]
Ĕ, kyŏ-wa hontŏ-ni tanoshikatta-desu.
嗯，今天真的非常愉快。

どうも　ありがとう　ございました。
Dŏmo arigatŏ gozaimasu.
非常感謝您。

劉：いいえ。私（わたし）も　楽（たの）しかったです。
Ĭe. Watashi-mo tanoshikatta-desu.
不會，我也很愉快。

また　いらっしゃって　ください。[3]
Mata irassyatte kudasai.
歡迎再來。

木村：はい、ありがとう　ございます。
Hai, arigatŏ gozaimasu.
好，謝謝。

劉：田中先生（たなかせんせい）に　よろしく　お伝（つた）え　ください。Ⓑ
Tanaka-sensĕ-ni yoroshiku otsutae kudasai.
請幫我向田中老師問好。

木村：はい。じゃ、お休（やす）み　なさい。[4]
Hai. Ja, oyasumi nasai.
好的。那麼，晚安。

劉：どうぞ　お気（き）を　つけて。
Dŏzo oki-o tsukete.
路上請小心。

句型代換

練習Ⓐ

お菓子(かし)は　おいしかったです。　　點心很好吃。

Okashi-wa　oishikatta-desu.

▼請將反白字部分替代成以下語詞。

例：お菓子(かし)・おいしかったです　　點心・好吃

okashi　oishikatta-desu

1. 映画(えいが)・面白(おもしろ)かったです　　電影・有趣

ĕga　omoshirokatta-desu

2. 旅行(りょこう)・よかったです　　旅行・好

ryokŏ　yokatta-desu

3. お祭(まつ)り・にぎやかでした　　祭典活動・熱鬧

omatsuri　nigiyaka-deshita

知識庫

形容詞也有過去式，表示對於過去的事情所得到的感想。如會話例，點心已經吃完，即用過去式「おいしかったです」表示好吃。

「い形容詞」與「な形容詞」的兩種形容詞的變化方式不同，請注意不要弄混。

「い形容詞」

形容詞變化	肯定	否定
現在	おいしいです oishī-desu	おいしくないです oishikunai-desu
過去	おいしかったです oishikatta-desu	おいしくなかったです oishikunakatta-desu

屬「い形容詞」例外的「いい」［好］，變化方式如下。

形容詞變化	肯定	否定
現在	いいです ī-desu	よくないです yokunai-desu
過去	よかったです yokatta-desu	よくなかったです yokunakatta-desu

「な形容詞」

形容詞變化	肯定	否定
現在	しずかです shizuka-desu	しずかじゃないです shizuka-ja nai-desu しずかじゃありません shizuka-ja arimasen
過去	しずかでした shizuka-deshita	しずかじゃなかったです shizuka-ja nakatta-desu しずかじゃありませんでした shizuka-ja arimasen-deshita

練習B

たなかせんせい　　　　　　つた
田中先生に　よろしく　お伝え　ください。
Tanaka-sensě-ni　yoroshiku　otsutae　kudasai.

請幫我向田中老師問好。

▼請將反白字部分替代成以下語詞。

例：**田中先生**（たなかせんせい）
tanaka-sensě
田中老師

1. ご家族（かぞく）
gokazoku
家人

2. お父（とう）さんと　お母（かあ）さん
otŏsan-to　okăsan
令尊與令堂

3. 会社（がいしゃ）の　皆（みな）さん
kaisya-no　minasan
公司的各位

知識庫

希望對方向某人傳話，表示問好時，可以使用這句。將轉告對象的人名或稱謂，放在助詞「に」之前即可。「お伝（つた）え　ください」相當中文［請轉達］的意思。

常用句 1

今日(きょう)は　これで　失礼(しつれい)　します。［今天要在此告辭了。］
Kyŏ-wa　kore-de　shitsurĕ　shimasu.

知識庫

正式向人告別時，使用「失礼(しつれい)します」。

常用句 2

今日(きょう)は　本当(ほんとう)に　楽(たの)しかったです。
Kyŏ-wa　hontŏni　tanoshikatta-desu.

どうも　ありがとう　ございました。
Dŏmo　arigatŏ　gozaimashita.

［今天真的非常愉快，非常感謝您。］

知識庫

接受對方的招待，在最後的道別時，可使用這句向對方致謝。如果在幾天後，又遇到對方時，可以用「先日(せんじつ)は　どうも　ありがとう　ございました。」再次表示感謝。
Senjitsu-wa　dŏmo　arigatŏ　gozaimashita.

常用句 3

また　いらっしゃって　ください。［歡迎再來。］
Mata　irassyatte　kudasai.

知識庫

「いらっしゃいます」在前節5-2曾學過，是「います」［有；在］的敬語，
imasu
表示人的存在。此外，也有「来(き)ます」［來］的意思。在此屬此意。
kimasu

常用句 4

お休(やす)み　なさい。［晚安。］
Oyasumi　nasai.

知識庫

這句話除了在睡前道晚安使用外，如果在道別時，天色已晚的話，也可以使用這句。

－附録－

第一章

節	單字表		文法一覽
1-1	【示範會話】		～です。
	劉（りゅう）	姓氏：劉	
	田中（たなか）	姓氏：田中	
	はじめまして	初次見面	
	どうぞ	請	
	よろしくお願（ねが）いします	多多指教	
	【句型代換 · 常用句】		
	木村（きむら）	姓氏：木村	
	王（おう）	姓氏：王	
	～と申（もう）します	敝姓～	
1-2	【示範會話】		～は～です。
	こちら	這位	
	～さん	～先生；～女士	
	学生（がくせい）	學生	
	こちらこそ～	我才要～	

節	單字表		文法一覽
	【句型代換 ・ 常用句】		
	先生（せんせい）	老師	
	会社員（かいしゃいん）	上班族	
	公務員（こうむいん）	公務人員	
1-3	【示範會話】		～ですか。
	大学生（だいがくせい）	大學生	はい
	［感］はい	是的；沒錯	いいえ
	そうです	是的	名詞＋の＋名詞
	台湾（たいわん）	台灣	～は［主題の省略］
	留学生（りゅうがくせい）	留學生	
	［感］いいえ	不是；不對	
	大阪貿易（おおさかぼうえき）	虛擬公司：大阪貿易公司	
	社員（しゃいん）	公司職員	
	【句型代換 ・ 常用句】		
	富士大学（ふじだいがく）	虛擬大學：富士大學	

節	單字表		文法一覽
	市役所（しやくしょ）	市公所	
1-4	【示範會話】		～も～
	ジョン	姓名： 喬（John）	
	失礼ですが（しつれい）	冒昧請教	
	名前（なまえ）	姓名	
	そう	那樣	
	新入生（しんにゅうせい）	新生	
	二年生（にねんせい）	二年級學生	
	【句型代換 ・ 常用句】		
	高橋（たかはし）	姓氏：高橋	
	中学校（ちゅうがっこう）	國中	
	山下（やました）	姓氏：山下	
	高校（こうこう）	高中	
	三年生（さんねんせい）	三年級學生	
	マリア	姓名：瑪莉亞 （Maria）	

節	單字表		文法一覽
	大学院（だいがくいん）	研究所	
	一年生（いちねんせい）	一年級學生	
1-5	【示範會話】		～の方
	国（くに）	國家	～人
	来（き）ました（来（く）る；動Ⅲ）	來	～から来ました。
	アメリカ	美國（America）	～ではありません。
	方（かた）	人士	（～じゃありません）
	アメリカ人（じん）	美國人	
	イギリス人（じん）	英國人	
	イギリス	英國（England）	
	ロンドン	倫敦（London）	
	【句型代換・常用句】		
	日本（にほん）	日本	
	東京（とうきょう）	東京	
	ブラジル	巴西（Brazil）	
	タイ	泰國（Thailand）	
	韓国（かんこく）	韓國	

節	單字表		文法一覽
	スペイン	西班牙（Spain）	
	〜人（じん）	〜人	
1-6	【示範會話】		疑問詞「誰（だれ）」
	あの人（ひと）	那個人	〜と〜
	［疑］誰（だれ）	誰	〜は〜で、〜は
	隣（となり）の人（ひと）	隔壁的人	〜です。
	【句型代換・常用句】		
	友達（ともだち）	朋友	
	外国人（がいこくじん）	外國人	
	クラスメート	同學（classmate）	

第二章

節	單字表		文法一覽
2-1	【示範會話】		疑問詞「どなた」
	大家（おおや）	房東	疑問詞「何（なん）」
	どなた	哪一位	

節	單字表		文法一覽
	ちょっと	稍微	
	待(ま)ってください	請等待	
	これから	今後；接下來	
	お世話(せわ)になります	承蒙照顧	
	お土産(みやげ)	地方名產	
	どうも	非常	
	ありがとうございます	謝謝	
	これ	這個	
	［疑］何(なん)	什麼	
	パイナップルケーキ	鳳梨酥（pineapple cake）	
	【句型代換・常用句】		
	プレゼント	禮物（present）	
	感謝(かんしゃ)の気持(きも)ち	感謝的心意	
	ごあいさつ	打招呼	
	しるし	表達；記號	
	～として	作為～、當作～	
	お菓子(かし)	點心；餅乾	
	コーヒー	咖啡（coffee）	
	フランス	法國（France）	

節	單字表		文法一覽
	チョコレート	巧克力（chocolate）	
2-2	【示範會話】		疑問詞「何番」
	電話番号（でんわばんごう）	電話號碼	電話番号の数字
	［疑］何番（なんばん）	幾號	［0～9］
	もう一度（いちど）	再一次	
	お願い（ねが）します	麻煩（您）；拜託（您）	
	違い（ちが）ます	不對；不是	
	【句型代換・常用句】		
	入国管理局（にゅうこくかんりきょく）	入境管理局	
	交流協会（こうりゅうきょうかい）	交流協會	
	成田空港（なりたくうこう）	成田機場	
2-3	【示範會話】		～の～
	傘（かさ）	傘	名詞代わり「の」

節	單字表		文法一覽
	どういたしまして	不用客氣	
	［感］さあ	嗯…；表示不了解的語氣	
	わかりません	不清楚；不了解	
	【句型代換 ・ 常用句】		
	カギ	鑰匙	
	お金（かね）	錢	
	かばん	包包	
2-4	【示範會話】		あいさつの言葉 天気の言葉
	山田（やまだ）	姓氏：山田	
	おはようございます	早安	
	今日（きょう）	今天	
	寒（さむ）い	寒冷	
	本当（ほんとう）に	真的	
	では	那麼	
	お気（き）をつけてください	請小心	

節	單字表		文法一覽
	【句型代換・常用句】		
	おはよう	早（簡略說法）	
	こんにちは	午安	
	こんばんは	晚安	
	暑（あつ）い	炎熱	
	雨（あめ）	下雨	
	いい天気（てんき）	好天氣	
2-5	【示範會話】		あいさつ言葉 ～へ行きます
	鈴木（すずき）	姓氏：鈴木	
	お出掛（でか）け	出門	
	銀行（ぎんこう）	銀行	
	行（い）きます（行（い）く；動Ｉ）	去	
	行（い）ってらっしゃい	送人出門的招呼語	
	行（い）ってきます	出門時招呼語	
	【句型代換・常用句】		
	学校（がっこう）	學校	

節	單字表		文法一覽
	スーパー	超市（super market略）	
	コンビニ	便利商店（convenience store 略）	
	行(い)ってまいります	出門時招呼語（敬語）	
2-6	【示範會話】		～で（原因）
	今(いま)	現在	
	お帰(かえ)り	你回來了	
	ただいま	我回來了	
	お帰(かえ)りなさい	你回來了（禮貌）	
	遅(おそ)い	晚；遲	
	仕事(しごと)	工作	
	大変(たいへん)	辛苦	

節	單字表		文法一覽
	お休(やす)みなさい	晚安（睡覺前）	
	【句型代換 · 常用句】		
	忙(いそが)しい	忙碌	
	最近(さいきん)	最近	
	会議(かいぎ)	開會	
	テスト	考試（test）	

第三章

節	單字表		文法一覽
3-1	【示範會話】		～をください
	店員(てんいん)	店員	～ですか。～ですか。
	いらっしゃいませ	歡迎光臨	それから～も～［追加］
	～ください	給我～	
	ホット	熱的（hot）	
	アイス	冰的（ice）	
	それから	還有；然後	
	少々(しょうしょう)	稍許	
	お待(ま)ちください	請等待	

節	單字表		文法一覽
	【句型代換・常用句】		
	ジュース	果汁（juice）	
	ハンバーガー	漢堡（hamburger）	
	サンドイッチ	三明治（sandwich）	
	オレンジ	橘子（orange）	
	りんご	蘋果	
	ビーフバーガー	牛肉堡（beef burger）	
	チキンバーガー	雞肉堡（chicken burger）	
	野菜（やさい）サンド	蔬菜三明治	
	ハムサンド	火腿三明治（ham sandwich 略）	
	パン	麵包（［葡］pào）	
	コーラ	可樂（cola）	
	ビール	啤酒（beer）	

節	單字表		文法一覽
3-2	【示範會話】		指示語「これ、それ、あれ」 疑問詞「いくら」 数字［十、百、千、万］
	すみません	不好意思；對不起	
	それ	（近對方的）那個	
	［疑］いくら	多少錢	
	～円（えん）	日幣單位：～日圓	
	ありがとうございました	謝謝	
	【句型代換 · 常用句】		
	あれ	（在遠方的）那個	
3-3	【示範會話】		疑問詞「どれ」 指示語「この～、その～、あの～」
	見（み）せてください	請給我看	
	［疑］どれ	哪一個	
	あの～	（在遠方的）那個～	

節	單字表		文法一覽
	テレビ	電視（television 略）	
	この～	（近己方的）這個～	
	【句型代換・常用句】		
	メニュー	菜單	
	地図（ちず）	地圖	
	その～	（近對方的）那個～	
	パソコン	個人電腦（personal computer 略）	
	カメラ	相機（camera）	
3-4	【示範會話】		この＋形容詞＋名詞 疑問詞「どこ」 どこの＋名詞
	白い（しろい）	白色的	
	靴（くつ）	鞋子	
	黒い（くろい）	黑色的	
	［疑］どこ	哪裡	

節	單字表		文法一覽
	【句型代換 ・ 常用句】		
	青（あお）い	藍色的	
	Ｔシャツ	Ｔ恤（T-shirt）	
	赤（あか）い	紅色的	
	大（おお）きい	大的	
	小（ちい）さい	小的	
	長（なが）い	長的	
	ズボン	褲子（[法] jupon）	
	短（みじか）い	短的	
	オーストラリア	澳洲（Australia）	
	イタリア	義大利（Italy）	
	カナダ	加拿大（Canada）	
3-5	【示範會話】		名詞がいい
	飲（の）み物（もの）	飲料	何の＋名詞

節	單字表		文法一覽
	［疑］何（なに）・何（なん）	什麼	～をお願いします
	すき焼（や）き	壽喜燒	
	しゃぶしゃぶ	涮涮鍋	
	肉（にく）	肉	
	豚肉（ぶたにく）	豬肉	
	注文（ちゅうもん）	點餐	
	わかりました	了解	
	【句型代換・常用句】		
	デザート	甜點（dessert）	
	プリン	布丁（pudding）	
	料理（りょうり）	餐點	
	和食（わしょく）	日式料理	
	花束（はなたば）	花束	
	洋食（ようしょく）	洋式料理	
	肉料理（にくりょうり）	肉料理	
	魚料理（さかなりょうり）	魚料理	
	ワイン	紅酒（wine）	
	ウイスキー	威士忌（whisky）	
	魚（さかな）	魚	

節	單字表		文法一覽
	さんま	秋刀魚	
	雑誌（ざっし）	雜誌	
	ファッション	時尚；流行（fashion）	
	本（ほん）	書	
	教科書（きょうかしょ）	教科書	
3-6	【示範會話】		数詞「～つ、～、枚、～冊、～本」
	キーホルダー	鑰匙圈（key holder）	
	～つ	～個	～で（方法、手段）
	ボールペン	原子筆（～ ball pen）	～を（数詞）ください
	～本（ほん）・～本（ぽん）・～本（ぼん）	～支	
	全部（ぜんぶ）	全部	～を（数詞）と～を（数詞）ください
	お返し（かえし）	找回的零錢	
	【句型代換・常用句】		
	切手（きって）	郵票	

節	單字表		文法一覽
	～枚（まい）	～張	
	～冊（さつ）	～本	
	鉛筆（えんぴつ）	鉛筆	
	ノート	筆記本（note）	
	はがき	明信片	
	消（け）しゴム	橡皮擦	
	カード	卡片（信用卡等）（card）	

第四章

節	單字表		文法一覽
4-1	【示範會話】		指示語「こちら、そちら、あちら」
	［感］あのう	那個…	疑問詞「どちら」
	バス	公車（bus）	～でしょうか
	乗（の）り場（ば）	乗車處；招呼站	
	［疑］どちら	哪一邊	
	女（おんな）の人（ひと）	女人	
	駅（えき）	車站	

節	單字表		文法一覽
	東口（ひがしぐち）	東側出口	
	［感］ほら	你看	
	あちら	（在遠方的） 那邊	
	【句型代換・常用句】		
	タクシー	計程車（taxi）	
	こちら	（近己方的） 這邊	
	そちら	（近對方的） 那邊	
	郵便局（ゆうびんきょく）	郵局	
	西口（にしぐち）	西側出口	
	北口（きたぐち）	北側出口	
	南口（みなみぐち）	南側出口	
4-2	【示範會話】		疑問詞「何階」 数詞「～階」 疑問詞「どこ」
	電器（でんき）	電器	
	売場（うりば）	販賣處	

節	單字表		文法一覽
	［疑］何階（なんがい）	幾樓	指示語「ここ、そこ、あそこ」
	～階（かい）・階（がい）	～樓	
	電子辞書（でんしじしょ）	電子辭典	
	［疑］どこ	哪裡	
	あそこ	（在遠方的）那裡	
	【句型代換・常用句】		
	百円（ひゃくえん）ショップ	百元商店（shop）	
	靴売場（くつうりば）	鞋子賣場	
	地下（ちか）	地下	
	コップ	杯子（cup）	
	ここ	（近己方的）這裡	
	スリッパ	拖鞋（slipper）	
	そこ	（近對方的）那裡	
	ニンジン	紅蘿蔔	

節	單字表		文法一覽
4-3	【示範會話】		～はあります
	醤油（しょうゆ）	醬油	～にあります
	あります（ある；動Ⅰ）	有；在	位置詞
	一番（いちばん）～	最～	
	上（うえ）	上面	
	棚（たな）	架子；櫃子	
	レジ	收銀機（register 略）	
	通路（つうろ）	走道；通道	
	前（まえ）	前面	
	【句型代換 · 常用句】		
	胡椒（こしょう）	胡椒	
	砂糖（さとう）	砂糖	
	塩（しお）	鹽巴	
	下（した）	下面	
	～段（だん）	～層	
	～目（め）	第～	
	トイレ	洗手間（toilet）	

節	單字表		文法一覽
	階段（かいだん）	樓梯	
	後ろ（うしろ）	後面	
	ＡＴＭ（エーティーエム）	自動提款機；ＡＴＭ	
	エレベーター	電梯（elevator）	
	左（ひだり）	左邊	
	エスカレーター	手扶梯（escalator）	
	ワイン売場（うりば）	紅酒（wine）賣場	
	右（みぎ）	右邊	
4-4	【示範會話】		疑問詞「何時」 時間「～時、～分」 ～まで
	［疑］何時（なんじ）	幾點	
	～時（じ）	～點	
	～分（ふん）・分（ぷん）・分（ぶん）	～分	
	次（つぎ）	下一班；下一個	
	新宿（しんじゅく）	新宿	

節	單字表		文法一覽
	～行き（ゆ）	往～	
	［感］ええと	嗯…	
	ちょうど	剛好	
	歌舞伎町（かぶきちょう）	歌舞伎町	
	【句型代換・常用句】		
	大阪（おおさか）	大阪	
	福岡（ふくおか）	福岡	
	名古屋（なごや）	名古屋	
	なんば	難波	
	博多（はかた）	博多	
	名古屋大学（なごやだいがく）	名古屋大學	
	料金（りょうきん）	費用	
4-5	【示範會話】		～までの～
	チケット	車票；票券（ticket）	～は～へ行きますか
	電車（でんしゃ）	電車	動詞否定形「～ません」
	男の人（おとこのひと）	男人	

節	單字表		文法一覽
	［疑］どの～	哪一個～	疑問詞＋が
	【句型代換・常用句】		
	地下鉄（ちかてつ）	地下鐵	
	新幹線（しんかんせん）	新幹線	
	～番（ばん）	～號	
4-6	【示範會話】		疑問詞「どのぐらい」 期間「～時間・～分」 ～で（動作の場所）
	運転手（うんてんしゅ）	司機	
	［疑］どのぐらい	多久	
	かかります （かかる；動Ⅰ）	花費	
	～分（ふん）・分（ぷん）・分（ぶん）	～分鐘	
	～ぐらい	大約～左右	
	交差点（こうさてん）	十字路口	
	止（と）めてください （止（と）める；動Ⅱ）	請停止	
	領収書（りょうしゅうしょ）	收據	

第五章

節	單字表		文法一覽
	【句型代換 ・ 常用句】		
	銀座（ぎんざ）ホテル	銀座飯店（hotel）	
	最寄（もよ）りの駅（えき）	最近的車站	
	～時間（じかん）	～小時	
	信号（しんごう）	交通燈號	
	角（かど）	轉角	
5-1	【示範會話】		時間「～月、～日、～曜日」
	スケジュール	預定行程、計畫（schedule）	～から
			～まで
	夏休（なつやす）み	暑假	疑問文「何をしますか」
	～月（がつ）	～月	動詞の肯定、否定「～ます、～ま
	～日（にち）	～日	
	休（やす）み	休假	
	［疑］何（なに）をしますか	做什麼	

節	單字表		文法一覽
	帰(かえ)ります（帰(かえ)る；動Ｉ）	回家；回國	せん」
	沖縄(おきなわ)	沖繩	
	いい	好	
	【句型代換・常用句】		
	冬休(ふゆやす)み	寒假	
	今回(こんかい)	這一次	
	旅行(りょこう)	旅行	
	～曜日(ようび)	星期～	
	期末試験(きまつしけん)	期末考	
	北海道(ほっかいどう)	北海道	
5-2	【示範會話】		います
	いらっしゃいます	在；有	～は～にいます
	（いらっしゃる；動Ｉ）		動詞の
	事務員(じむいん)	行政職員	現在肯定、否定
	います（いる；動Ｉ）	在；有	「～ます、～ませ
	研究室(けんきゅうしつ)	研究室	ん」
	図書館(としょかん)	圖書館	過去肯定、否定

節	單字表		文法一覽
	もうすぐ	即將；快到	「～ました、～ませんでした」
	戻ります（戻る；動Ⅰ）	回原地	
	また	又；再	
	【句型代換・常用句】		
	会議室	會議室	
	課長	課長	
	事務室	辦公室	
	林	姓氏：林	
	教室	教室	
	食堂	食堂；大衆餐廳	
	支社	分公司	
	受付	櫃台	
5-3	【示範會話】		～で～があります 時間（相対的な時間） いろいろな動詞
	公園	公園	
	お花見	賞花	
	桜	櫻花	

節	單字表		文法一覽
	見(み)ます（見(み)る；動Ⅱ）	看	～ませんか
	一緒(いっしょ)に	一起	～ましょう
	きれい［な］	漂亮	
	会(あ)います（会(あ)う；動Ⅰ）	見面	
	【句型代換 ・ 常用句】		
	明日(あした)	明天	
	浅草(あさくさ)	淺草	
	お祭(まつ)り	祭典活動	
	来週(らいしゅう)	下星期	
	長野(ながの)	長野	
	バス旅行(りょこう)	遊覽車旅行	
	今月(こんげつ)	這個月	
	パーティ	派對；宴會（party）	
	花火(はなび)	煙火	
	スキーをします（する；動Ⅲ）	滑雪（ski）	
	バーベキューをします（する；動Ⅲ）	烤肉（BBQ）	

節	單字表		文法一覽
	楽(たの)しい	愉快	
	改札口(かいさつぐち)	剪票口	
	ホーム	月台（platform）	
	午後(ごご)	下午	
	入(い)り口(ぐち)	入口處	
5-4	【示範會話】		～でしょう
	よくいらっしゃいました	歡迎您	形容詞
	お邪魔(じゃま)します	打擾了	とても～
	外(そと)	外面	
	いただきます	開動了；我要吃了	
	とても	非常	
	おいしい	好吃	
	もう一(ひと)つ	再一個	
	［疑］いかが	如何	
	ご馳走(ちそう)さまでした。	我吃飽了；謝謝招待	

節	單字表		文法一覽
	【句型代換 ・ 常用句】		
	お茶（ちゃ）	茶	
	果物（くだもの）	水果	
	バナナ	香蕉（banana）	
	マンゴー	芒果（mango）	
	スイーツ	甜點（sweets）	
	タピオカミルクティー	珍珠奶茶（tapioca milk tea）	
	ウーロン茶（ちゃ）	烏龍茶	
	［疑］どう	如何	
	いいえ、結構（けっこう）です。	不用，可以了	
	新鮮（しんせん）［な］	新鮮的	
	甘（あま）い	甜的	
	健康的（けんこうてき）「な」	健康的	
5-5	【示範會話】		い形容詞＋名詞 な形容詞＋名詞 ～に～があります
	町（まち）	城市	
	広（ひろ）い	寬廣的	

節	單字表		文法一覽
	高(たか)い	高的	～に～がいます
	ビル	大樓（building）	～や～
	超高層(ちょうこうそう)ビル	摩天大樓	形容詞の否定
	展望台(てんぼうだい)	觀景台	あまり～ない
	あまり～ない	不太～	
	【句型代換 ・ 常用句】		
	絵(え)	圖畫；畫作	
	面白(おもしろ)い	有趣的	
	花瓶(かびん)	花瓶	
	いい色(いろ)	顏色漂亮	
	建物(たてもの)	建築物	
	アリーナ	巨蛋（arena）	
	美術館(びじゅつかん)	美術館	
	緑(みどり)	綠色	
	所(ところ)	地方	
	キャンパス	校園（campus）	
	近(ちか)く	附近	
	レストラン	餐廳（restaurant）	

節	單字表		文法一覽
	広場（ひろば）	廣場	
	隣（となり）	隔壁；鄰近	
	本屋（ほんや）	書局	
	喫茶店（きっさてん）	咖啡廳	
	中（なか）	裡面	
	静（しず）か［な］	安靜的	
	有名（ゆうめい）「な」	有名的	
	いい	好的	
	よくない	不好的	
5-6	【示範會話】		形容詞の過去
	失礼（しつれい）します	失禮了；告辭	
	またいらっしゃってください。	歡迎再來	
	よろしくお伝（つた）えください。	代為問好	
	【句型代換 · 常用句】		
	よかった（いい）	好的	

節	單字表		文法一覽
	にぎやか［な］	熱鬧的	
	ご家族（かぞく）	您家人	
	お父（とう）さん	令尊	
	お母（かあ）さん	令堂	
	皆（みな）さん	各位；大家	
	先日（せんじつ）	前幾天	

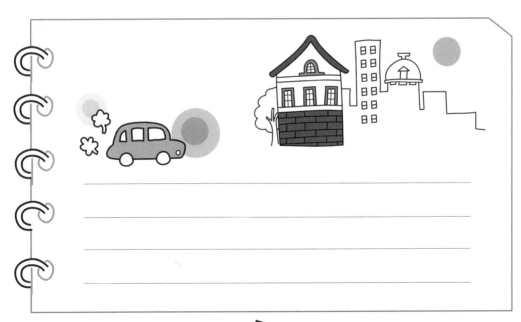

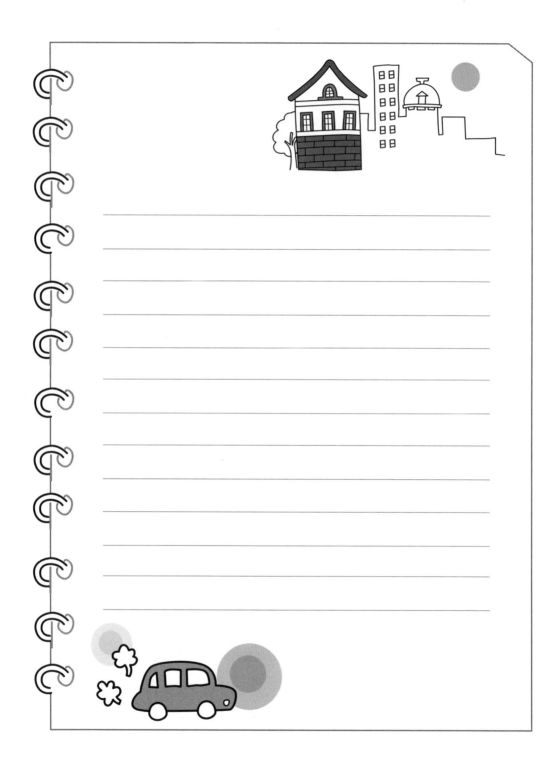

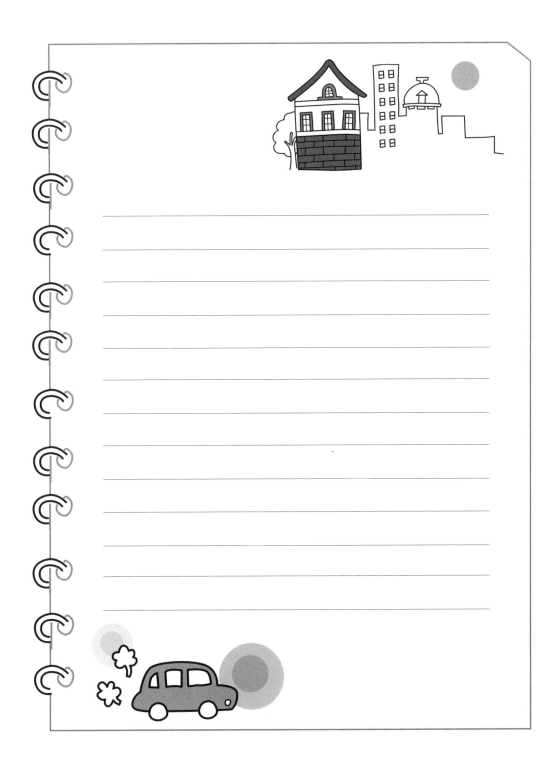

國家圖書館出版品預行編目資料

舉一反三學日文：生活日語會話／劉麗文作.
--初版--.--臺北市：書泉,2014.11
面；　公分
ISBN 978-986-121-964-6（平裝）
1.日語　2.會話
803.188　　　　103018592

3AJ6

舉一反三學日文：生活日語會話

發 行 人— 楊榮川
總 編 輯— 王翠華
作　　著— 劉麗文
主　　編— 朱曉蘋
封面設計— 吳佳臻
插　　圖— 凌雨君
出 版 者— 書泉出版社
地　　址：106台北市大安區和平東路二段339號4樓
電　　話：(02)2705-5066　　傳　　真：(02)2706-6100
網　　址：http://www.wunan.com.tw
電子郵件：shuchuan@shuchuan.com.tw
劃撥帳號：01303853
戶　　名：書泉出版社

經 銷 商：朝日文化
進退貨地址：新北市中和區橋安街15巷1號7樓
TEL：(02)2249-7714　　FAX：(02)2249-8715

法律顧問　林勝安律師事務所　林勝安律師

出版日期　2014年11月初版一刷
定　　價　新臺幣320元